빛나지 않는 빛

빛나지 않는 빛

반숙자

북인 수필선 1

도서출판 북인

'북인수필선'을 출간하며

수필은 인간의 마음을 위로하고 영혼을 정화한다. 한국만의 독특한 문학 장르인 수필은 작가정신에 힘입어, 문학의 대표 장르로 진화하고 있다. 과거 교훈적이며 계몽 일변도인 작품 세계에서 벗어나 더욱 현실적이고 작가의 개성이 돋보이는 문학작품으로 독자와 더 가까워지고 있다. 이는 수필 2,3세대 작가들의 노력의 성과이다. 이에 도서출판 북인에서는 '북인수필선'을 선보인다.

'북인수필선'에서는 좋은 작가들의 훌륭한 작품들을 모셔와 수필의 역사를 새롭게 정리할 것이다. 수필의 문턱에서 서성이는 작가지망생과 자신의 목표를 위해 집필을 게을리하지 않는 작가들을 위해 조금이나마 보탬이 되었으면 한다.

이런 사명감으로 시작된 '북인수필선'은 다음의 세 가지 원칙을 준수한다. 등단은 20년 이상이고, 개인 수필집을 세 권 이상 출간한 작가라야 한다. 이 두 가지 조건이 충족되었어도 선정위원들의 심사를 거쳐야 한다. 일 년에 몇 권을 출판하겠다는 목적을 따로 두지 않았으므로 성과는 다를 것이라고 기대한다. '북인수필선'은 앞으로도 수준 높은 수필선집 출간을 위해 충분한 시간을 갖고 작가와 작품 선정에 최선을 다할 것이다.

북인수필선 선정위원회

삶의 길과 수필의 길이 하나

뜻밖에 열 번째 책을 선집으로 출간하게 되어 특별한 감회에 젖는다. 수필쓰기 사십 년, 그 동안 일곱 권의 수필집과 선집 두 권이 수필작가의 전 재산이다. 한시도 수필을 떠나 살지 않았는데 결과물이 빈약하기 이를 데 없다. 그러나 스스로에게 대견하고 느리지만 한길로 투신하였다는 데 작은 보람을 느낀다.

지금 우리나라뿐만 아니라 세계적으로 코로나19 바이러스 감염으로 생사의 혼란을 겪고 있다. 날마다 뉴스를 보며 하루 속히 이 역병이 물러가기를 간절히 기도하는 나날이다. 새해 들어 그 동안 소망하던 과테말라 여행을 한 달간 했다. 대서양의 카리브해 조용한 마을에서 심신의 휴식을 누리고 돌아오자마자 자가격리에 들어가서 두 달째 아직도 철저한 격리생활을 하고 있다. 이건 분명 서로의 목숨을 부지하기 위한 처방이지만 제일 아쉬운 것이 대화다. 종일 가야 입을 열어 대화를 나눌 상대가 없는 하루. 이

상태가 더 오래 가면 그나마 어눌한 말도 다 잊을 것 같다.

이것이 물리적인 격리라면 나는 수필을 만나기 전 심적인 자가 격리를 하고 살았다. 수필은 자폐의 광야에서 손잡아 이쪽 세상으로 안내해주었다. 부정의 암흑을 깨고 긍정의 옷을 입혀준 존재다. 독자에게 가기 전에 스스로를 위로해주고 치유하여 재생의 옷을 짜게 했다. 그렇게 살고 보니 어느덧 석양이 내렸지만 외롭지 않고 두렵지 않고 하루하루가 충만하다. 그것은 삶을 직조하는 수필이기에 가능했고 매순간 깨어 살게 하는 지혜의 샘이기에 가능했을 것이다. 글을 다듬듯이 시간을 다듬은 흔적들이다.

여기 내놓은 작품들은 일곱 권의 수필집에서 가려낸 것이다. 문학적 성과가 있는 작품이라기보다 공감해준 독자들이 많았던 수필, 본인에게 의미 있는 수필, 미완이라도 애착이 가는 수필이다. 어느 때부터인가 나만의 글을 쓰고 싶었다. 누구와도 닮지 않는 투박해도 불순물이 없는 본연의 그것을 쓰고 싶었지만 그것은 욕심을 낸다고 되는 것이 아니었다. 평생의 목표로 살아온 삶의 길과 수필의 길이 하나라는 사실 앞에 작아질 뿐이다.

수필선집 교정을 보면서 한생이 그대로 담긴 것을 알았다. 나의 일생을 시간으로 치면 사십대 이전과 이후로 나눌 수 있지만 수필을 경계에 두면 수필쓰기 이후의 삶이 알차고 너그러워지고 생기찼음을 부인할 수가 없다. 한 필부의 생애지만 그 안에는 우리 시대가 겪은 애환과 역사적인 사실도 있다. 기록이 갖는 특권이 아닐까 싶다.

이 책이 나오기까지 귀한 기회를 주신 맹난자 선생님께 감사를 드린다. 도서출판 북인에서 해마다 한 권씩 한 작가의 선집을 출간한다는 기획에 첫 번째 자리를 주셔서 고맙기도 하고 송구스럽기도 하다. 유례가 없는 코로나19 바이러스 감염으로 온 나라와 세계가 불안과 불황 중에 있는데 책을 아름답게 내주신 도서출판 북인에 고마움을 전한다. 그리고 수필을 찾아 타이핑해준 화요반 도반들에게 감사의 마음 전한다.

2020년 4월

반숙자

| 차례

제2장 사과꽃 필 때

제3장 열쇠 없는 집

제1장

말하고 싶은 눈

산마을의 저녁연기

저녁연기는 그리움이다. 깊은 겨울 한번씩 서울 손님이 온다. 까마득히 잊었다가도 예고 없이 방문 앞에 섰으면 겨울 추위가 다 녹는 듯 따뜻한 사람들이다. 작년 겨울에도 그렇게 왔다. 도착 시간은 오전 열 시쯤, 산채山菜 점심을 맛있게 들고 해거름이면 총총히 떠난다.

내가 그들을 만난 것은 서울 을지병원 입원실에서였다. 나는 한 달째 입원해 있었고 그들은 중학교 1년생인 딸아이가 교통사고로 입원해서였다. 그때 중1 소녀가 이제 어엿한 대학생이 되었다. 숱하게 만나고 헤어지는 입원실의 인연으로 이렇게 길게 마음이 오가는 일도 흔치 않는 일이어서 나는 내심 가을이 깊고 첫눈이 내리고 찬바람이 몰아치는 겨울이 오면 이따금 오솔길로 나가 읍내로 뻗은 신작로에 눈길을 주며 막연히 기다리곤 했다.

올 겨울에도 그들은 소식 없이 와서 나를 반갑고 놀라게 했다.

순진하고 정이 많은 소녀는 세상에서 아주머니를 가장 사랑한다고 해서 나이든 나를 수줍게 하고, 그녀의 어머니는 후덕하고 조신한 조선의 여인을 연상케 하는 귀부인으로 그 우아한 품위가 나를 사로잡는다. 또 한 사람 소녀의 이모다. 르누아르의 소녀를 닮은 그녀는 촉촉이 젖은 눈길이 깊고 맑아 신비한 영감을 품어낸다.

식사 후 후식으로 싱싱한 과일을 들면서 이모는 말했다. "우리가 춥고 먼 이 시골행을 해마다 한번씩 하는 이유를 아시는지요?" 커튼을 젖히고 겨울 과수원을 오랫동안 바라보고 섰다가 "연기 때문이에요. 올 때는 굴뚝마다 솟아오르는 조반 짓는 연기가 좋고 돌아갈 때는 저녁 짓는 연기에 온 마을이 잠기는 평화로움이 좋아서예요. 얼마나 편안해지고 따뜻해지는지 아세요? 그 가운데 우리들 이모님 같은 당신이 계시구요."

하마터면 주책없이 눈물이 날 것 같아서 나는 난로 위에서 끓는 찻물을 따랐다. 따로따로 굴러다니는 도시인의 외로움이 하얀 김에 서려 내게로 전이轉移되고 있었다. 나는 어느 사이엔가 진정 이모 같은 손길로 봉지봉지 선물을 챙기고 있었다. 짧은 겨울해가 한 뼘쯤 남았을 때 서둘러 떠나는 그들을 배웅하고 돌아서니 조그마한 토계리 마을이 저녁연기로 가라앉고 있다. 코끝에 싸하니 청솔가지 타는 내음이 닿을 듯하고 마음은 연기 속을 헤치며 유년으로 줄달음쳤다.

그때 어머니는 그을음이 새까만 부엌에서 저녁을 지으셨다. 옹솥에는 밥을 짓고 가마솥에는 물을 담아 군불을 지폈다. 바싹 마른 가랑잎은 밥솥에 때고 청솔가지는 군불솥에 썼다. 나무는 칠월에 해둔 칠월비가 제일 좋지만 손포가 없는 집은 미리 장만을 못하고 눈 오기 전에 갈퀴를 들고 산에 올라 가랑잎을 긁어모았다가 땠다. 그것도 아쉬운 날은 청솔가지를 툭툭 쳐다가 아궁이 가득 쑤셔넣고 불을 댕기면 시퍼런 청솔가지는 생피를 태우듯 불똥을 튀기며 타들어갔다. 그러자니 연기가 매캐하니 온 마을을 덮을 수밖에 없었다.

어머니는 이럴 때 수수비로 부뚜막을 쓸어내리며 나를 밖으로 내몰았다. 나는 매운 연기로 눈물을 줄줄 흘리면서 아궁이 앞을 뱅뱅 돌았다. 이유인즉 거기 잿 속에 묻어둔 알밤 두 알이 타버릴까 애가 탔던 것이다. 잔꾀 한번 피우지 못하는 어린 것은 생밤이 잿불 속에서 타들어 새까만 숯덩이가 될 때까지 부엌 바닥을 쓰는 어머니의 성화를 받으면서도 그렇게 지키고 있다가 부지깽이로 찾아낸 숯이 된 밤을 보고서야 비질비질 울며 부엌을 나섰다.

뒤꼍 장독대에 쪼그리고 앉으면 눈물은 질펀히 흐르고 그 눈물 속에 하늘로 구름기둥을 세우며 올라가는 하얀 연기가 자꾸 서럽게 했다. 목이 아프도록 젖히고 올려다본 연기는 얼마쯤 올라가다 모두 흩어지고 마는 것이 이상하고 서운했다. 그것이 우리 인생의 여로인 것을. 눈이라도 내릴 듯이 조용한 저녁이면 연기는 더욱더 높게 꾸역꾸역 솟아올랐다.

이런 나를 어머니는 늘 불안해하셨다. 어린 것이 너무 안차고 조용하다는 꾸중이었다. 그리고는 저녁상머리, 노랗고 반들반들하게 익은 군밤 서너 알을 상 귀퉁이에 얹어주시던 어머니. 언니와 삼촌이 눈치챌까봐 냉큼 움켜서 치마폭에 감추면 배꼽께로 스며들던 그 따뜻한 알밤의 체온, 그것이 임종의 순간에까지 나를 걱정해주시던 어머니의 체온임을 불혹에 서서 느끼다니. 나는 요즘도 어머니가 문득문득 그리워지면 저녁 오솔길로 나선다.

이제는 농촌에까지 연탄과 가스가 보급되어 점차 저녁연기는 사라지고 있는 실정이다. 도시의 공장 굴뚝에서 솟아오르는 시커먼 연기가 도시의 맥박이라면 시골의 저녁연기는 향수의 시그널이 아닐까. 반가운 서울 손님들도 빽빽한 생활의 톱니에 몰려 정신없이 돌다가 유년의 시절이 그리워서 장장 왕복 여섯 시간의 먼 길을 다녀가는 것일 게다.

어찌 그들만이 저녁연기가 그리울까. 마음의 고향까지를 잃어버린 현대인들 가슴 구석에는 언제고 돌아가 스스럼없이 무릎 베고 누워 쉴 어머니의 품안 같은 고향이 자리하고 있지만 밀리고 밀리는 생활에 서로 마음만 앓고 사는 것이다.

시골에 살다보면 또 그대로 도시의 시멘트 가루를 묻히고 오는 사람들이 그리울 때가 많다. 무위의 타당성에 젖어 있는 나에게 그들이 남겨놓고 가는 것은 템포 빠른 삶의 선율이다. 신선한 자극이다. 그래서 도시와 시골의 만남은 필연의 조화다.

고즈넉이 언덕 위에 서서 내려다보면 야트막한 산골짜기, 오므린 손바닥에 담길 듯싶은 작은 마을이 평화롭다. 아무리 양옥집이 많이 들어섰어도 조석으로 향을 피우듯 솟아나는 연기로 하여 우리 모두는 푸근하고 여유로울 수 있는 것이다.

저녁연기는 어머니의 행주치마자락. 달뜨기 전 산마루가 나뭇가지 위에 걸리고 거기 모락모락 피어오르는 어머니의 기도는 착하게 살라는 당부의 말씀이다.

말하고 싶은 눈

우리 집 파수꾼 미세스 짜루는 해마다 한번씩 출산을 한다. 정월 대보름쯤이면 휘영청 찬 달빛 아래 연인을 찾아온 미스터 견犬공들이 여기저기 웅크리고 앉아서 사랑의 세레나데를 부른다. 이상스러운 것은 이 외딴 터에 있는 암캐가 발정한 것을 동네 개들이나 이웃마을 개들이 어떻게 아느냐 하는 점이다. 나중에 안 일이지만 후각이 고도로 발달되어 냄새를 맡고 찾아온다니 희한한 일이다.

한두 마리는 으레 침식을 같이 하다시피하고 어떤 날에는 대여섯 마리까지 원정을 와서 서로 싸우고 어울리고 야단들이다. 세상에는 못된 사람 욕을 할 때 개 같은 ×이 라고 하지만 자세히 관찰해보면 그 말이 별로 맞는 말이 아닌 것 같다. 개를 욕에 쓰는 이유는 개방된 섹스 때문인 듯싶은데 장소와 때를 구별 못한다는 데서 오는 듯하다.

상대를 고르는 방법은 동물 중에서 가장 고등高等하고 의젓하다. 우리 미세스 짜루는 하얀 털이 차분하고 군데군데 누런 점이 박혀서 언뜻 보면 똥개도 아니요, 그렇다고 명견은 더욱더 아닌 그저 그런 시골 개다. 이왕이면 못난 자식보다 잘 생긴 며느리를 보아서 손주 놈은 일품으로 빼어보리라는 욕심처럼 우리도 그랬다. 후보 개들 중 가장 몸집이 미끈하고 잘 생긴 셰퍼드 견을 골라 우리집 짜루하고 한 광 안에 가두고 문을 걸었다. 어찌된 일인가, 이놈들은 타협을 모른다. 우당탕 싸우고 으르렁거리고 박살나게 뒤집어놓는 듯하더니 문짝 하나가 나자빠지면서 짜루가 튀어나왔다. 실패였다. 제가 싫다는데 어쩌랴, 인간들도 자유결혼으로 치닫는데 너라고 봉건주의로 매어둘소냐, 이런 심정으로 수수방관할 수밖에 없었다.

며칠이 지난 이른 아침, 눈 쌓인 사과나무 밑에 짜루란 놈과 못난 검둥이가 밀월을 즐기고 있지 않는가. 그러고 보니 우리 미세스 짜루는 지조가 있는 놈에는 틀림이 없다. 해마다 그놈이다.

눈이 녹고 시냇물이 쪼록쪼록 흐르더니 양지마다 새싹이 뾰즈름이 돋아났다. 짜루는 어느덧 배가 망구쟁이를 해가지고는 노산老産이라 그런지 양지쪽에 누우면 일어날 줄을 몰랐다. 그러던 어느 아침 살얼음이 언 쌀쌀한 날씨인데 새끼를 자그마치 여덟 마리나 낳아놓고 추워 떠는 새끼들을 보듬고 있었다.

그동안 무관심했던 탓에 짚자리도 깔아주지 못한 채 맨 바닥이었으니 아무리 짐승이라고 하나 어미인 짜루의 심정이 오죽했으랴. 부랴부랴 볏짚을 깔아주고 미역국을 끓여 넣어주고 백 촉짜리 전구를 켜주고 한참 바빴다. 그제서야 조금은 자괴의 마음이 누그러지는 듯했다.

개집 앞에 쪼그리고 앉아 짜루를 바라보노라면 나는 눈으로 말하는 개의 이야기를 단박 알아듣는다. 또 그이가 출타 중일 때 빈 집을 혼자 지키면 짜루는 누가 시킨 일처럼 개집에서 나와 현관 앞에 버티고 누워 밤을 지내기가 일쑤다. 얼마나 충직한 파수꾼인가. 개와 나와의 교감交感은 이렇게 이루어지는 것이다.

코를 약간 위로 치켜들고 슬픈 듯 깜박이지 않는 조용한 눈에는 반드시 탄원이 들어 있다. 좁은 개집에 여덟 마리의 강아지를 다치지 않게 누우려니 그 조심스러움이 어떠하랴, 짜루의 애소하는 눈빛 때문에 궁둥짝을 쳐들어보니 거기 양수도 채 마르지 않은 강아지 한 마리가 깔려 있었다. 눈도 못 뜬 강아지를 어미 품속에 넣어주니 짜루는 혀로 핥아서 양수를 말렸다.

날씨는 한결 누그러졌다. 꽃샘추위로 멈칫했던 춘신春信이 속속 날아들고 있을 때 움트는 사과나무 밑에 나와 앉은 짜루의 모습이 유별났다. 비스듬히 누워 고개를 길게 빼고 눈을 감은 채 무엇을 참는 듯 그린 듯 앉아 있다. 내가 가까이 가도 쳐다보지 않는다. 이상스러워 머리를 쓰다듬으며 "짜루야, 어디 아프니? 왜 그러고 있어?" 개가 기운 없이 눈을 떴다. 눈곱이 말라붙은 게슴츠레한 눈에서 눈물이 주르르 흘러내렸다. 한참 동안 턱을 내 무릎에 올린 채 있더니 코를 사타구니에 박는다. 짜루가 가리킨 곳에는 막 내 젖이 젖몸살이 나서 사발만큼 부어 있었다.

손을 대어보니 성이 난 젖이 펄펄 끓었다. 아리아리하도록 부어오른 젖몸살의 아픔을 짜루는 저렇게 참고 있는 것이다. 서둘러서 스트렙토마이신 주사를 놓았다. 하루 한번씩 맞는 주사를 짜루는 신통하게 맞았다. 주인아저씨가 주사기에 약을 넣어가지고 가까이 가면 웅동그리고 누워 젖을 먹이다가 어제 맞은 넓적다리를 슬그머니 쳐든다. 어떤 날은 반대쪽으로 누웠다가도 주사기만 보면 오른쪽으로 바꾸어 누워 다리를 쳐든다. 주사를 놓을 때마다 우리 내외는 놀랜다. 누가 이런 개를 욕에다 쓰는가.

그날은 장날이다. 모처럼 장을 보고 돌아와보니 개가 없어졌다. 어미는 고사하고 새끼조차 한 마리 없다. 가슴이 철렁했다. 뒷산에서 살쾡이라도 내려와 물어갔나 싶어 애가 탔다. 여기저기 찾다보니 아뿔싸 개집에서 3미터쯤 떨어진 사랑채 부엌에 널따랗게 짚을 펴고 새끼를 젖 물리고 있지 않는가. 자식을 위한 모성의 행위야말로 창조의 시원始原이요, 최고의 예술임을 짜루에게서 느끼며 부끄러워진다.

한 달이 넘어 일곱 마리는 이웃에서 나누어가고 씨강아지로 암놈 한 마리만 남겨놓았다. 짜루는 날마다 한 차례씩 제 새끼가 사는 집들을 찾아다니며 젖을 물려준다는 이야기가 동네에 좌악 퍼졌다. 정말 이렇게 지혜로울 수가 있는가. 미물인 미세스 짜루를 보고 있노라면 사람 같은 개와 개 같은 사람을 생각하게 된다.

너무 영물이라 오래두면 못 쓰니 보신탕집에 넘겨주라는 이웃의 귀띔을 나는 묵살해버렸다. 그리고 곰곰이 생각하는 것이다. 짜루와 내가 수없이 누비며 사랑을 심은 과수원 양지쪽 어디쯤이 무덤자리로 좋을까 하고. 그리고 비목碑木이라도 한 그루 세워주리라. 짜루는 대싸리 그늘에 누워 고마운 듯 갸웃이 바라보고 있다. 조용한 대낮, 강아지풀 한 자락이 바람을 탄다.

그대 뒷모습

서녘 하늘에 별이 돋는다. 마음이 잔잔해야 보이는 초저녁별, 실눈을 뜨고 별 속에 아는 얼굴이 있나 찾아본다.

지난 겨울에는 눈이 자주 많이 내렸다. 눈이 내릴 때마다 우리나라 문화계의 큰 별들이 떨어졌다. 미당 선생이 떠나고 얼마 후, 온종일 눈이 내리던 날 정채봉 선생이 눈나라로 가셨다. 이어 운보 선생도 떠나셨다. 그 뒤로는 겨우내 하늘이 낮게 내려앉으면 또 누가 떠나실라 겁이 났다.

정채봉 선생이 떠나시고 때때로 맑은 눈 해맑은 미소가 그리워져 요즘『그대 뒷모습』을 다시 읽는다. 살아계실 때는 자주 만나거나 특별한 사이가 아니었다. 가톨릭문우회에서 가끔 뵈었고 오래전에 원고를 가지고 샘터사에 간 날, 본래 과묵하신지 선생은 환한 웃음으로 바라만 보고 나는 찻물만 젓고 있었다. 이슥고 건너다본 커다란 눈, 그 웃음 뒤에 끝 모를 서러움이 배어나는 것 같아서 가슴이 서늘했다. 어찌 보면 늘 배고픈 아이 같고 또 달리는 지구에 내려온 어린 왕자 같던 사람.

선생의 글을 처음 대한 것은『현대문학』지에 연재했던「초승달과 밤배」이다. 성장소설이라 하고 성인동화라고도 한 글은 신선한 표현과 등장인물들의 착함에 다음 호가 기다려질 정도로 흡인력이 있었다. 그 후로는 선생의 작품집을 구하는 대로 읽으면서 감동적인 글 뒤에 감동적인 삶이 있었다는 것을 알았다.

나는 오늘 저녁을 농막에서 보내며 별들을 만나려고 한다. 선생께서는 별이 되셨는지도 모르니까. 왜냐하면 해질녘을 좋아하는 스님을 찾아갔다가 찬물이나 한 바가지 떠 마시라는 말씀에 찬물을 받쳐든 바가지에 별 하나가 돋았더라나. 그래서 천천히 버들잎인 양 별을 불면서 물을 마셨다는 것이다. 별을 불면서 물을 마시는 사람이 또 있을까. 그 뒤로 간혹 마음이 허할 때면 가슴에 별 하나가 떠오른다는 것이다.

선생께서 민방위 야간훈련을 나간 날, "불을 끄시오, 불을 끄시오" 외치고 다니다보니 순식간에 하늘의 별들이 또록또록해졌다. 그때 "별님들도 불을 끄시오" 하고서 혼자 웃었다는 분, 하늘마음이 아니고는 볼 수도 느낄 수도 없는 글을 읽으며 내가 선생을 두고 어린왕자를 생각하는 연유가 이런 데 있는 것이 아닌가 싶다.

짧은 만남이지만 글에서 만난 사람과 현실에서 만난 사람이 한결같은 느낌을 주어서 더 인상 깊었던 것 같다. 만남 뒤에는 행복했고 용기가 솟았으며 여운이 오래 갔다.

사람들이 자신의 뒷모습을 볼 수 없기에 신이 타인이라는 거울을 우리에게 주고 서로 비춰보며 좋게 살라 하신지도 모른다. 선생의 글 속에 자신을 두고 "비겁자, 나태한, 이중성, 가련한"이라고 표현한 구절이 나온다. 이러한 쓰라린 어둔 밤을 거쳐 하늘마음을 찾은 것은 아닐지. 누가 나에게 당신의 뒷모습은 어떠하냐고 묻는다면 가만히 고개를 숙일 것이다. 그러나 아름다운 뒷모습은 아름다운 앞모습이 만들어낸다는 것에 희망을 걸고 기죽지는 않을 것이다.

이쪽의 죽음 순간은 저쪽에 막 태어나는 순간이라고 한 선생은 하얀 세상에 다시 태어나 그토록 그리워한 엄마랑 함께 오늘 밤 내가 보는 별을 바라보고 계실지도 모를 일.

하늘마음으로 동화를 쓰고 동화 속으로 사라져간 뒷모습의 향기에 젖어 캄캄한 세상을 향해 나도 "별님들도 불을 켜세요" 하고 웃어본다.

낙엽주 특강

음성천을 에워싸고 있는 튤립나무 가로수에 단풍이 한창이다. 오월부터 우람한 나무에 예쁜 잎사귀가 눈길을 빼앗더니 늦봄 황녹색 아리따운 꽃으로 또 한번 감동을 주고 이제는 노랗게 물들어 행인들 발길을 멈추게 한다.

그 길 끝에 강의실이 있다. 강의실 뒤는 설성공원이다. 공원에는 갖가지 나무들에 가을이 피고 있다. 한 옆에는 어르신들을 위한 게이트볼장이 있고 곳곳에 정자가 있어 주민들의 휴식공간으로도 손색이 없다.

지금 우리 교실에는 수필을 배우는 중년의 수강생들 눈이 빛나고 있다. 게이트볼장에는 어르신들이 단풍빛깔의 운동복을 입고 게임에 열을 올린다. 이때 창문을 뚫고 들어오는 소프라노 목소리가 찰그랑거린다. 재미있는 것은 남자 노인들만 운동을 할 때는 조용한 경기장이 여자 노인이 몇 분 끼면 고성이 오가고 급기야는 언쟁으로 발전한다. 지금도 소란하기 그지없다. 이 강의실에서 맞고 보낸 가을이 십여 년이다.

은행나무가 옷을 벗는 하오였다. 칠판에서는 수필의 주제에 대해 열을 올리고 있는데 한 회원이 창밖에 눈을 주고 정신을 놓고 있었다. 해찰도 전염이 되는지 옆 회원이 고개를 돌리고 또…… 또…… 나도 슬그머니 고개를 돌렸다. 아, 공원에는 낙엽비가 하염없이 내리는 것이 아닌가. 감성이 풍부한 작가 지망생들은 저마다 다른 사유로 공원에 지는 잎들에게 마음을 빼앗기고 있는 것이었다.

수업이 불가능하다는 사실을 간파하고 책상을 정리하고 공원으로 나갔다. 그리고 급하게 준비한 종이컵과 포도주를 잔디밭에 펴놓았다. 회원들 손에 빈 컵을 들리고 포도주를 따르며 공원에서 가장 마음에 드는 낙엽 한 장을 컵에 담아오라고 일렀다.

말이 떨어지기 무섭게 동심으로 돌아간 중년들은 낙엽을 주우러 흩어졌다. 개중에는 낙엽을 주울 생각은 하지 않고 은행잎 비를 맞고 섰는가 하면 어떤 남자 회원은 낙엽 쌓인 나무 아래 벌러덩 누웠다. 삼십대들의 까르르 뒤집히는 웃음 뒤에 나지막한 독백도 스쳐갔다.

우리는 저마다 컵을 들고 처음의 자리에 앉았다. 성급한 주당은 그 사이 포도주를 반쯤 마셔버렸고 어떤 회원은 컵보다 큰 잎을 주어서 띄운 것이 아니라 꽂아놓고 있었다. 낭자가 떠준 바가지의 물에 버들잎을 불어가며 마시던 선비처럼 컵 속의 낙엽을 호호 불어 마시는 회원도 있다. 모두 처음의 들떴던 마음이 가라앉아 생각에 잠겨 자신들이 담아온 낙엽과 대화를 하는 시간을 가졌다. 그리고 왜 그 잎을 담아왔으며 어떤 생각이 들었는지 생각을 나눴다.

그들은 처음 있는 일이라 했다. 어려서 소풍 가서 단풍잎을 주워 책갈피에 꽂았던 이야기며 첫사랑과 이별한 날의 낙엽도 떠올렸다. 어떤 회원은 낙엽이 '자신의 모습 같다' 하고 노란 은행잎이 지폐라면 몽땅 주워다가 새벽 일터로 나가는 일일근로자들에게 나눠주고 싶다 했다. 월동준비가 걱정이라는 실존적 문제도 나왔다. 낙엽을 띄운 채 술을 마셨다. 일테면 낙엽주다. 포도주니 매실주니 내용물에 따라 술 이름이 붙곤 하지만 낙엽을 주제로 낙엽주란 말은 또 다른 감성을 자극했던 모양이다. 아니면 포도주 반 컵의 주기가 이들의 마음을 달궈놓은 것일까. 판은 진지하게 익어갔다.

나뭇잎 하나는 바로 그 나무의 일생이다. 지금 우리는 거대한 나무를 들이마셨으니 입속에서 나무냄새가 나지 않느냐고 물었다. 지금은 낙엽의 신세지만 이 나무도 새 잎인 때가 있었다. 그리고 최선을 다해 태양빛을 받아서 광합성작용으로 나무를 키우고 가지를 늘리고 꽃을 피운 때도 기억하자고 했다. 그리고 이제 자기 몫의 시간을 살아내고 여한 없이 활활 타 뿌리로 돌아가는 저 모습에서 사람의 생애를 짚어보자 했다.

나는 그날 특별한 강의를 했고 회원들은 잊을 수 없는 시간을 가졌다고 좋아했다. 세상천지가 강의실이다. 바닷가에 가면 파도소리로 강의를 듣고 산사에 가면 풍경소리로 법문을 듣는다.

낙엽이 질 때면 어김없이 생각나는 글, "버려야 할 것이 무엇인지 아는 순간부터 나무는 가장 아름답게 불탄다." 어느 가을 우연히 바라본 광화문 글판의 글이다. 나는 언제 저토록 여한 없이 불타본 적이 있는가. 불타기는커녕 생채로 시들고 있는 것은 아닌지, 버려야 할 것들을 아직도 분별하지 못하고 끌어안고 살면서 연탄 한 장의 온기나마 누군가와 나누었는지, 노란 빛으로 물든 은행나무를 보며 마음 갈피를 뒤적여 본다.

오늘 따라 게이트볼을 치는 노인장들은 왁자한 낙엽이 무색하리만치 목에 핏대를 세우고 도전한다. 필경 여자 노인들에게 자신이 아직 현역이라 과시하는 것일지도 모르나 바라보는 마음은 공연히 민망하다. 이어지는 안 노인네들의 후렴구 또한 가을타령치고는 요란하다. 햇살 좋은 오후가 금빛보다 찬란하다.

등나무집 형님

방아 찧으러 시골 다녀온 그이 손에 올망졸망 보따리가 많았습니다. 마루에 꺼내놓고 보니 영락없는 시골 채전입니다.

형님, 형님께서 바쁘신 추수 일손 짬을 내어 봉지마다 정을 채워넣은 것을 알고는 왜 이렇게 마음이 훈훈해 오는지요. 까만 비닐백에는 싱싱한 홍고추가 들어 있고요, 감자도 한 봉지, 호박순도 형님의 체온이 채 가시지 않은 듯 꼭 접혀 나왔습니다. 비료부대에 길다랗게 싸넣은 게 무언가 했더니 텃밭에 기르시는 대파 다발이었습니다. 파뿌리에 고물처럼 묻어 있는 흙냄새를 맡으며 어쩐지 그 구수한 냄새가 코에 익은 형님의 체취임을 기억합니다.

당신 곁에 있을 때나 떠나 있을 때나 저는 당신 앞에 철부지 사촌동서 그뿐인데 형님은 한결같이 묵묵히 우애를 나누어주시니 감읍합니다.

형님, 올해도 형님댁 문전에는 등꽃이 아름답게 피었나요? 슬하의 8남매를 모두 출가시키고 이제 시숙님 내외분만 큰집을 지키며 농사짓는 알뜰하고 부지런하신 형님. 언젠가 오월이었습니다. 과수원 적과摘果할 일꾼을 얻으러 나섰습니다. 고갯마루에 올라서자 마을로부터 불어오는 상큼한 바람에 전신이 나긋나긋 녹아나는 듯했습니다. 그 향내는 차츰차츰 짙어지더니 어느덧 발걸음이 형님댁 바깥마당에 멈춰 있었어요. 그 넓은 기와지붕이 온통 초록빛 우산을 받쳐들고, 연연한 보랏빛 등꽃이 송이마다 환하게 연등을 밝히고 있었습니다.

마침 형님 내외분은 대문만 지쳐둔 채 들로 나가시고 중풍을 앓는 강아지가 뒷다리를 떨며 기어나오고 있었습니다. 개 이야기가 생각나니 웃음이 절로 납니다. 식구도 없고 적적하다시며 이웃에서 얻어온 강아지였지요. 제 또래의 고양이 한 마리와 한 그릇 밥을 먹으며 토실하게 크다가 어느 날 갑자기 중풍이 일어 반신불수가 되었다고요. 동네 사람들은 모두 내다버리라고 성화였지만 형님은 괘념치 않고 정성껏 돌보시더니 거의 일 년 만에 건강을 회복했지요. 그때 내다버리라고 한 사람 중에 저도 한몫 끼어 있었는데 미물의 생명까지 소중해하는 그 어지심이 보배로운 추억으로 남아 있습니다.

형님, 저는 뜰로 들어섰습니다. 하도 우스꽝스럽게 기어나오는 강아지를 보고 혼자 웃다가 꼬리를 치는 바람에 그만 못할 짓을 한 듯 심히 부끄러웠던 기억이 아직도 생생합니다.

숲을 이룬 등나무를 올려다보았지요. 사랑방 문 앞까지 치렁치렁 늘어진 등꽃은 정말 장관이었습니다. 대문 기둥을 의지해 서로 부둥켜안고 새끼 꼬듯 올라간 줄기가 인상적이었습니다. 그날 집으로 돌아와 국어사전에서 등나무에 대해 알아보았습니다.

"등藤나무 : 콩과에 딸린 전요성나무. 동양 특산이며 흔히 관상용으로 심음." 이렇게 나와 있더군요. 그런데 또 한 가지 의문은 '전요성'이란 뜻이었습니다. 다시 사전을 폈지요. "전요성纏繞性 : 스스로 바르게 서지 못하고 다른 물건에 감겨서 벋어 올라가는 덩굴진 줄기." 그제야 알았습니다.

형님, 부부는 모두 전요성처럼 서로 희로애락을 함께 나눈 애정으로 감겨 세월 속에 많은 꽃송이를 피우는 것을. 더구나 형님께서는 종갓집의 맏며느리로서 봉제사하며 손아래 시동생들을 사촌까지 합하여 다섯 분을 거두셨고 집안 대소사에 여름철 등나무 그늘 같은 후덕함으로 한평생을 살아오셨습니다. 신식 살림한답시고 가마솥을 없애버린 저를 위해 해마다 손수 가마솥에 메주까지 쑤어주는 친정어머님 같은 당신이셨습니다.

형님, 이제는 서울 이야기를 해야겠습니다. 시골서 사십 평생을 살아온 제가 뒤늦게 서울살이를 하며 놀라는 일이 한두 가지가 아닙니다. 이곳 사람들은 저울을 좋아하는 모양입니다. 시장에도 상점에도 또한 가정에도 저울이 있습니다. 홍고추 몇 개도 저울에 올라가고 콩나물, 마늘 몇 톨까지 모두 저울에 올라갑니다. 그리고 진짜냐 가짜냐 신경을 곤두세웁니다. 형님, 더욱 놀라운 것은 사람도 저울에 단다는 사실입니다. 그 사람이 갖고 있는 재물과 권력, 능력까지 철두철미 유용성에 의해 저울질된다고 합니다. 어떤 사람은 아파트의 평수가 곧 행복의 평수인 양 착각하고 있는 이도 많다고 합니다. 정작 제 무게로 달려야 할 사람의 목숨은 중량을 잃어가고 잡동사니가 판을 치는 현실이 근대화된 삶이라면 그냥 밭 갈고 씨 뿌리며 사는 일이 훨씬 사람답다는 생각입니다.

사실은 저도 저울을 좋아합니다. 항상 감정의 기복으로 평형을 잃고 사는 제가 한 치의 오차도 없이 스스로를 다스리는 준엄함을 좋아하는 것은 하나의 바람입니다. 저울처럼 제자리에, 영零의 상태로 비울 수 있다면, 그렇게 반듯하게 살 수 있다면 얼마나 좋겠습니까.

푸성귀 한 다발, 쑥버무리 대접도 푸짐스럽던 형님의 그 넉넉함이 사무치게 그리워오는 요즘입니다. 두엄 냄새까지 덤으로 따라온 형님의 선물을 받고 제가 이렇게 소생하는 것은 실은 저울에 달지 않은 그 마음 때문이라는 걸 알아주세요.

형님, 오늘 저녁 식탁에는 손수 넣어주신 담북장을 올렸습니다. 예쁘게 빚어 파는 이곳 담북장보다 냄새며 담백함이 일품이군요. 조미료를 많이 넣어 입맛을 돋우는 식단보다는 자연의 맛을 그대로 살리는 형님의 솜씨가 진국입니다. 우리가 사는 일도 그런 것 아닐까요?

형님, 도시의 밤이 깊어갑니다. 지금쯤 뒷동산 산제당 골짜기에 밤새가 울다 잠들겠지요? 고마우신 형님, 수확의 계절 아주버님과 함께 좋은 가을 맞이하소서.

포옹

오후 네 시쯤이면 삼월의 양광이 자글거리는 아파트 뒤뜰을 자주 내다본다. 어린이 보호차량이라고 쓴 노란 승합차가 놀이터 옆에 선다. 아가들이 쪼르르 내려온다. 그때 미리 나와서 기다리고 있던 엄마들은 이쁜 아가들을 담뿍 품는다. 내 마음의 렌즈는 그 장면에서 셔터를 누른다. 그들의 표정을 가까이서 볼 수 있다면 세상에서 가장 행복한 모습일 것이다.

엄마의 가슴에 안겼다는 안도와 반가움이 아가의 얼굴을 물들였을 것이고 처음의 사회생활에서 낙오하지 않고 무사히 돌아온 아가에게 대견하고 소중함을 느끼는 엄마의 마음은 상기되어 있을 것이다.

사실은 나도 사람을 보면 안고 싶다. 남녀의 성별을 따질 것 없고 아이거나 어른이거나 분별하지 않는다. 만남의 순간 반가움에 겨워 두 팔을 벌려 껴안는다. 안고 안기는 접촉에서 말로 표현되지 않은 느낌이 좋다. 그러다 보니 옷에는 종종 뽀뽀마크가 찍혀 온다.

어떤 날은 왼쪽 어깨에 인장처럼 찍혀 있고 어떤 날은 가슴에도 찍힌다. 남들은 남편의 와이셔츠에 묻어 있는 입술 연지의 흔적으로 부부싸움까지 간다는데 우리 집에는 여자의 저고리에 묻은 흔적 때문에 가끔 핀잔을 듣는다. 아마도 입술 연지가 여성의 전유물이기에 그 정도로 끝나는 것일 테지만, 핀잔을 들어도 유쾌한 것은 사실이다.

이런 몸짓도 때와 장소를 구별하지 않으면 구설수에 오른다. 서양 사람들은 포옹을 하나의 몸짓으로 알아 자연스럽게 생활화되었는데 동양권에서는 그렇지 않다. 남녀유별이라는 유교적인 사고가 틀에 박혀 격식을 차려 인사말을 하다보면 사람은 저만치 있고 예의만 차지한다. 몇 년 전에 일본 사람을 만난 일이 있다. 배웅하는 시간이 예상 외로 길어져 곤혹스러웠다. 한번 한 인사를 거듭하여 절을 반복하는데 그들의 인사예절이라 했다.

내가 부담 없이 만나는 사람들은 대부분 문우들이다. 세미나나 월례회에 가게 되면 치장 없이 만날 수 있어 좋다. 문우들에게는 같은 길을 가는 사람들이라는 동류의식이 있고, 한꺼풀 벗어버린 사람들끼리의 편암함이 있다. 안고 안기는 행위에는 상대편을 향한 열림이 있고 신뢰가 있다. 그러나 그것을 수용할 분위기가 돼 있어야 한다.

수줍음 많던 내게 왜 이런 증세가 생겼나 생각해본 일이 있다. 사람에게는 누구에게나 여성성과 남성성이 공존한다. 나이가 들어 어느 시기쯤이 되면 여성의 내밀한 곳에 숨어 있던 남성성이 밖으로 표출되어 갑자기 적극적이고 활동적이 되는가 하면 남자의 경우 소심해지고 소극적이 되기도 한다는 것이다. 그러나 내 경우는 말이 어눌해지면서 사람과 사람의 관계에서 오고가는 언어의 한계를 느낀 후의 일 같다.

인간은 몸과 마음이 결합된 존재다. 육신이야 섭취하는 음식물로 운영되나 마음은 언어에 의해서 생기를 얻거나 좌절하고 자멸하기도 한다. 말처럼 다스리기 어려운 것도 없는 성싶다. 낮 동안에 말을 많이 한 밤이면 단잠을 자지 못한다. 내게서 쏟아져 나간 말들이 화살로 변해서 일제히 나를 공격한다. 때때로 귀는 듣되 말을 하지 못했으면 좋겠다는 생각을 한다.

포옹은 어떤 격식이나 절차가 없어 좋다. 그냥 몸으로 온 마음으로 안아주고 안기면 정신적인 휴식이 생겨난다. 남성들이 거리의 여인을 찾아가서 잠자리를 요구하지 않고 그냥 실컷 안아만 달란다는 이야기에 충분히 공감한다.

포옹이 건강에도 좋다는 기사를 보았다. 과학자나 학자들같이 논리적인 일을 하는 사람들은 왼쪽 뇌를, 예술가나 감성이 풍부한 사람들은 오른쪽 두뇌를 활발히 쓰는 경향이 있다고 한다. 그런데 양쪽 팔을 벌려 사람을 안을 때 우뇌와 좌뇌가 균형을 찾아 조화를 이루기 때문에 그 순간 흐르는 에너지 속에는 치료 작용이 생긴다는 것이다. 과학적인 검증이 아니라도 가슴과 가슴이 만나는 자리에서 더 이상 무엇이 필요하겠는가.

언젠가 판소리 무대를 본 일이 있다. 미색 두루마기에 의관을 정제하고 쥘부채로 얼굴을 가린 소리꾼이 등장했다. 이어서 같은 복색을 하고 장구를 든 고수가 뒤를 따랐다. 소리꾼은 무대 중앙에 자리를 잡고 고수는 그의 왼편에 앉았다. 고수가 왼쪽 무릎 밑에 오른발을 밀어넣고 그 발가락으로 단단히 북을 고였다. 왼손은 북 위의 한 모서리를 잡고 오른손으로 북채를 감싸쥐더니 소리꾼에게 시선을 던졌다. 그 순간 소리꾼의 입에서 폭포수 같은 소리가 굴러나왔다.

이리 오너라 업고 놀자/ 이리 오너라 업고 놀자
사랑 사랑 사랑 내 사랑이야/ 사랑이로구나

소리꾼이 부채를 접었다 폈다 하며 춘향가 중 중중모리 사랑가 대목을 빠른 장단으로 열창하자 덩, 궁, 궁탁, 이때부터 고수와 소리꾼의 눈길이 어우러지기 시작하였다. 고수는 북장단으로 소리꾼의 소리 길을 닦아주며 단 한순간도 소리꾼의 얼굴에서 시선을 떼지 않았다. 게다가 '얼씨구', '으흠', '조오치', '잘헌다' 하며 추임새를 넣는데 소리꾼을 바라보는 고수의 눈길과 고수를 바라보는 소리꾼의 눈길은 그 어느 포옹보다 절절했다.

사랑가 한 대목을 들으면서 '소리의 포옹은 이렇게 이루어지는구나' 가슴이 숙연해졌다. 거기 있던 청중들은 그 소리를 따라서 광한루를 거닐었을 것이고 춘향이가 되고 이도령이 되었을 것이다.

소리꾼의 창이 거셀 때는 달빛 어린 길을 밟듯 사뿐사뿐 뒤따르고, 창이 가라앉을 때는 거센 파도같이 소리꾼의 말길을 터준다는 북장단, 나는 그날도 누군가를 안고 싶었다. 그의 심장 고동소리를 들으며 내 고동소리도 들려주고 싶었다. 그는 소리꾼이 되고 나는 고수가 되어 깊은 휴식을 취하고 싶었다. 그래서 돌아오는 길에 새움 트는 은사시나무를 오래오래 바라보고 있었다.

타박네로 간다

강의실 밖은 바람세상이다. 문학이라는 바다에 뛰어든 어부들이 눈을 빛내며 귀를 재우는 아홉 평 반의 강의실, 절망과 상승의 함수관계는 오늘도 시퍼렇다. 그 시퍼런 계율로 자해하며 퍼올리는 한 편의 글, 퍼내도 퍼내도 문학에 허기지는 날이면 바람에 실려 타박네로 간다.

네 사람 앉으면 방이 꽉 차는 목로주점. 땟국 꾀죄죄한 방석을 세상인 양 깔고 앉아 무청김치에 돼지순대 한 접시, 음성막걸리 한 병이면 세상이 돈짝만해진다.

그래서 바람이 부는 날이면 무덤에서 걸어나온 이 동네 글쟁이들이 하나둘 타박네로 모여든다. 빈 술잔 놓고도 취하는 날, 서로의 어깨에 기대며 맹물을 마시고도 제왕이 된다.

언젠가 옆 동네 충주의 바람 시인이 시집詩集을 보냈기에 내 수필집을 보내며 바람 부는 날에 타박네에서 만나자고 했것다.

날짜도 시간도 없는 바람의 약속을 일방적으로 해놓고 깜박 잊고 있었다.

그날은 점심때가 기울면서 살랑이던 바람이 머리채를 흔들면서 소리를 질러댔다. 집에서 신문을 뒤적거리며 오후를 보내다가 길신에 쓰인 나그네처럼 타박네로 들어섰더니 이미 충주의 시인은 짚신인 양 핸드폰 달랑 허리에 차고 막걸리 두 병을 뉘였더라. 바람과 바람에겐 무선통신이 있어 우표 없이도 오고가는 고차원의 길이 있는 것일까.

그대여! 바람 부는 날에는 타박네로 오라. 뒷주머니에 꽂은 지갑이 비었어도 걱정하지 마라. 가슴에 시 한 옴큼 담아오면 맘씨 고운 주모는 '글쟁이'란 한마디에 장부책 펴지도 않고 통과시킨다. 비씨카드, 골드카드 무슨 무슨 카드 있어도 못 써먹는 바람의 집이다.

안주값이 없거든 강술도 좋다. 굵직굵직 시뻘건 깍두기 한 접시에 눈치 없이 주는 순대국, 때로는 세상을 타박하고 내주장 아내를 타박하고 권위주의 직장 상사를 타박해도 바람은 다 쓸어담아 백마령을 넘어간다.

그대여! 비 내리는 날에는 타박네로 오라. 세상의 우수가 빗물로 내리고 으스스 어깨에 한기가 드는 저녁 목로에서 펄펄 끓는 순대국밥, 김이 서리고 하루의 허기를 달래는 길손들이 어깨를 비비며 눈길이 순해진다.

무덤만한 방에서는 바람의 아들딸들이 혈서를 쓰듯 시를 쓴다. 박재삼 시인의 시 '천 년 전에 하던 장난을 바람은 아직도 하고 있듯' 백 년 전에도 썼고 천 년 전에도 썼던 시를 아직도 쓰고 있는 시인들, 어떤 날은 기행 시인 랭보가 비행기 타고 와서 안주 되고, 어떤 날은 김훈의 '칼의 노래'가 불이 된다. 주정은 자유, 신자유주의의 태동이다.

그대여! 그대 안에 바람 불고 비 내리거든 타박네로 오라. 사막을 건너는 이들에게는 낙타가 필요하듯이 세상을 건너는 이들에게는 징검다리가 있어야 하느니…….

안개가 짙어 가시거리가 어지러울 때, 시 한 줄에 절망하고 죽기를 생각할 때, 밀린 임금으로 월셋집에서 쫓겨날 때, 뒤로 넘어져도 코가 깨지는 날, 사랑이라는 단어가 쓰디쓰게 속을 훑을 때, 그대여 세상 먼지 쓴 채로 타박네로 오라. 타박타박 걷다보면 영원도 한 순간임을 막걸리 한 모금이 가르쳐주리라.

장날이면 촌로들이 세종대왕 한 장으로 거나해지고, 집에 가도 야근하는 아내 덕에 밥 못 먹을 때 부담 없이 밀치는 가벼운 문짝. 오라. 함께 살아도 외로운 사람들, 혼자인 듯 서러운 이 세상에 이만한 오아시스가 또 있는가.

며칠 전 낯선 메일을 받았다. 그분은 시골 작은 마을에서 개척교회를 이끄는 목회자라 했다. 오직 사랑 하나 믿고 서울에서 남편 따라 내려온 아내는 목회자의 충실한 내조자로 조심조심 살아가면서 힘들어했다고 한다. 그런 아내가 수요일 창작교실에 다녀오는 날이면 다시 소녀가 되어 행복해하는 모습을 보며, 남편으로서 감사의 인사를 올리고 싶어 메일을 보낸다는 것이다.

나는 그날도 타박네로 가고 싶었다. 사람이 자기 본연의 모습으로 살아가는 일이 어디 쉬운가. 누구의 아내라는 자리, 특히 성직자의 아내라는 자리가 얼마나 소리 없는 희생을 요구하는 자리인가를 짐작해본다면 그 아내를 안쓰럽게 지켜볼 수밖에 없는 남편의 마음을 충분이 느낄 수 있어서다.

우리 글쟁이들이 타박네를 찾아가는 이유가 바로 거기에 있다. 권위적인 것을 싫어하고 넥타이를 싫어하고 때로는 이 세상 까다로운 치레를 거부하는 그들이 거기서만은 가장 솔직한 자신과 만나 편안히 서로를 공유할 수 있기 때문이다. 이래저래 타박네는 우리 마음의 안식처다.

그대여! 반듯하게 살아가느라 고달픈 그대여, 가끔은 그대 안에 바람 불고 비 내리거든 이리로 오라.

안개의 행보行步

사람의 숲

사람들 숲을 빠져나왔다. 오늘 플라자 뷔페에서 밝은사회클럽 회장 이취임식이 있었다. 다른 모임과는 달리 이 모임은 종소리로 시작해서 종소리로 끝나는 특이한 회의 순서에다가 명상시간이 있어서 잠시지만 눈을 감고 자신이 살아온 시간들을 돌아보게 한다. 많은 회원들이 참석해서 사람들 숲은 싱싱한 열기로 웅성거렸다.

골목에는 안개가 낮게 진을 치고 있다. 겨울이지만 날씨는 봄밤처럼 포근하다. 거리의 상점에 밝힌 불들이 꿈꾸는 것처럼 아련하게 비친다.

일행과 헤어져 혼자서 시장통을 걸어간다. 작은 읍내의 시장통은 일상용품을 파는 가게들이 서로 어깨를 기대고 정답게 늘어서 있다. 간판들도 고만고만해서 누구라도 문을 밀치고 들어가고 싶은 친밀감이 느껴진다.

나는 이 저녁 마음이 한없이 한가로워져서 천천히 거리를 걷고 있다. 육십여 년 전에는 어머니의 등에 업혀서 이 길을 지나 학교에 갔고, 교사가 되어서는 초등학생들을 인솔해서 이 거리를 지나다녔다. 그때의 어른들은 거의가 다 세상을 떠났고 어린이들이 지금 노년이 되어 느릿느릿 지나고 있다. 나무들에게는 천 년의 숲이 있다지만 사람의 숲은 백 년 가기가 어렵다.

1,000원의 숲

채소전 골목 앞에 옛날에 대성당빵집이 있던 자리에 3층 건물이 들어섰다. 무슨 병원, 무슨 약국이 성업 중이고 한구석에 〈천원의 행복〉이라는 간이 간판이 보인다. 천원의 행복이 뭘까 문을 밀쳤다.

주방용품부터 귀이개, 요지, 커피잔, 냄비받침, 반찬통 등 자질구레한 물품들이 수백 가지 진열돼 있다. 모두가 천 원이라고 했다. 거기 천 원의 숲이 있었다. 누구에게나 있어도 고만 없어도 고만인 물건들을 팔고 있는 중년 여인은 청하지도 않았는데 녹차를 따라주며 혼잣말처럼 "안개가 자욱하네요" 한다.

나는 공범자의 은밀한 눈길을 건네며 녹차를 천천히 마셨다. 손님은 아무도 오지 않았다. 일면식도 없는 주인과 객은 파는 일도 사는 일도 잊어버린 듯 창밖의 안개를 바라보다가 객은 천 원짜리 고무장갑을 사들고 가게를 나섰다. 찬물에 빨래하는 시린 손을 감싸줄 천 원의 행복을 만끽하며 콧노래를 부른다.

조금 전보다 안개는 더 농밀해졌다. 가끔씩 지나는 사람들 모습이 실루엣처럼 보였다 사라졌다 한다. 나는 한복가게 앞에서 잠시 멈춰 어머니의 버선 한 켤레를 샀다. 올해 96세 되신 어머니의 기억은 안개 속 같아서 3·1운동과 6·25전쟁 사이를 숨바꼭질한다.

어디론가 자꾸 걷고 싶다. 앞머리가 촉촉하게 젖어온다. 불빛 따스한 〈사랑하는 사람들〉 카페로 올라갈까, 수정교를 지나 음악이 좋은 〈그대 그리고 나〉 찻집으로 올라갈까, 잠시 망설이다가 〈충북서림〉으로 들어섰다. 주인이 상냥하게 반긴다. 주인은 나에게 문사 대접을 톡톡히 한다. 어떤 책을 사든지 책값의 20%를 할인해주고 이곳 작가들의 작품을 팔아주기도 한다. 시골이지만 이것도 하나의 문화라는 생각을 한다. "밤안개가 심하지요?" 주인의 말에 웃음으로 답하고 가대에 선다.

문학의 숲

시골 서점의 가대에는 사람들은 보이지 않지만 세상이 보인다. 거기서 보는 세상은 안개숲이 아니라 지성의 숲에서 청정한 공기를 내뿜는다. 재테크부터 어린이 공부까지 일별하고는 장영희 교수가 쓴 『문학의 숲』을 집어들어 뒷장부터 읽어간다. 단행본일수록 뒷장부터 읽어가는 이유는 사람들의 뒷모습에 더 정이 가는 나만의 버릇이다.

윌리엄 포크너가 노벨문학상 수상 연설문에서 했다는 "문학은 인간이 어떻게 극복하고 살아가는가를 가르친다"는 말은 장영희 교수가 나에게 들려주는 말이며, 또한 장애를 가진 모든 사람들에게 들려준 비장의 언표라고 생각되었다.

내가 만일 문학의 숲에 들어서지 않았다면 소리 없는 세상에서 내 영혼은 얼마나 황폐했으며 고립되고 무의미했을까. 목발을 짚고 평생을 넘어지고 일어서며 예까지 걸어온 장 교수의 의지에 내 마음을 포개며 책을 가슴에 끌어안고 서점을 나선 것은 열 시가 넘어서였다.

둑길을 걸었다. 가로등이 부옇게 졸고 있는 인적 드문 둑길에는 안개가 포진을 해서 양수 속에 있는 아기처럼 마음이 포근하다. 걷다가 멈추고 가로수에 맺힌 은방울들을 바라본다. 가지마다 잎눈마다 맺힌 영롱한 구슬들. 나도 문학 밖에서 살 때에는 저 구슬들이 물방울로 보였다. 그 이상도 그 이하도 아니었다. 그러나 문학의 언저리를 맴돌면서, 또 문학의 숲에 날아든 후로는 구슬이 나무의 눈물로 보였고 뿌리의 자맥질로 느껴졌다. 혼자 있어도 외롭지 않았다. 안개숲처럼 혼미한 세상을 살아오며 그래도 절망하지 않았던 것은 어떤 상황의 영속성을 믿지 않았기 때문이다.

나는 이 밤 아무도 함께 있지 않지만 공존의 실재를 느낀다. 문학, 하느님 그리고 나. 안개는 소리 없는 현을 켜서 무음의 귀에 응답을 준다. "그러므로 사랑하여라" 하고.

잉태의 바람

지금은 삼월이다. 나는 꽃 피는 계절이 오는 것을 시각이나 청각을 통해 아는 것이 아니라 몸을 통해서 안다. 겨우내 웅크렸던 몸이 펴일 만하면 어김없이 오는 바람을 맞는다. 처음에는 발바닥을 건드린다. 사람들은 발이 시리다고 하는데 나는 시린 것이 아니라 발바닥에서 센 선풍기 바람이 난다. 양말을 신어도 버선을 신어도 심지어는 보온 팩을 발바닥에 깔아보아도 효과가 없다.

다음에는 잘 버텨주던 허리가 아파온다. 그냥 아픈 게 아니라 꼬리뼈 위를 톱날로 써는 듯한 아리아리한 통증이다. 파스를 붙여도 안 되고 병원에 가서 물리치료를 받아도 그때뿐 하룻밤 자면 다시 그 시늉이다. 바람은 여기서 그치는 게 아니다. 등줄기를 타고 으스스한 한기가 되어 어깨로 올라온다. 재채기가 줄나팔을 분다. 옷을 더 입어도 소용없으니 이 추위를 감당할 방법이 없다. 온몸이 뼛속까지 시리다.

시간만 나면 베란다에 나가 햇볕바라기를 해보나 가슴속까지 불어오는 찬바람은 피할 도리가 없다. 컨디션이 제로다. 식구들은 겨우내 저항력이 떨어져서 그러니 특별히 건강관리를 해야 한다고 걱정이다. 하지만 나는 구식사람이라 침대에 온도를 높이고 이불을 쓰고 누워 있는 것이 최상의 치료법이다. 어려서 고뿔이 들면 어머니는 어린것을 군불을 지핀 아랫목에 이불을 둘둘 말아 술독처럼 앉혀놓고 콩나물국에 고춧가루를 쳐서 건네주셨다. 그때 기억이 나서 콩나물국을 마시고 누워 있자니 이 바람의 정체가 궁금해지는 거다.

달력을 보았다. 우수 경칩 다 들어있는 삼월. 밖엔 봄이다. 성급한 젊은이들은 반팔 티셔츠를 입고 활기차게 걷는다. 나이가 들어 몸이 계절 감각을 잃어버리고 반란을 하는 것은 아닐까. 잃어버리는 것이 어찌 계절 감각뿐이랴. 시간의 흐름도 기억의 필름도 자꾸 퇴행해가고 몸의 감관도 둔해간다.

달력을 보는 동안 눈이 점점 커졌다. 어미가 된 것이 삼월이었다. 그것도 한 생명이 아니라 두 아이의 출생이 삼 년 터울로 앞서거니 뒤서거니 한 달이다. 하늘이 쪼개지는 듯한 통증을 가르고 그랬다. 허리를 예리한 톱날로 마춰 없이 썰어대는 진통, 산구완을 하던 어머니는 아기가 세상에 나오려고 문을 잡는 것이라 했지. 너도 그렇게 태어났다고……. 일주일 간격이다. 그래서 몸이 먼저 말했던 것일까. 아무래도 불가사의해서 뒤로 되짚어나갔다.

헤아려가노라니 열 달이 머무는 곳이 바로 오월이다. 어째서 두 아이가 다 한 무렵에 잉태된 것인가.

오월 탓이었다. 오월은 나를 가만두지 않았다. 신록이 피어나는 그맘때면 육체의 온 세포가 있는 대로 열리고 마음은 이를 감당 못해 또 허둥대지 않았던가. 몸이 먼저인지 마음이 먼저인지 알 길은 없다.

이런 관능적 욕구가 그를 불러들였거나 아니면 간절하게 차오르는 그리움이 그를 조정했던지 그는 오월이면 돌아왔다. 천 리 길도 마다않고 그림 전시 준비로 눈코 뜰 사이 없어도 아카시아 피는 봄밤을 같이 보내주었다.

나는 여태 그 이유를 몰랐다. 왜 해마다 삼월이면 죽게 앓거나 중병 들린 여자처럼 해쓱하니 양달을 찾아드는지……. 그러니까 오십 년도 더 넘는 세월, 내 몸은 해마다 삼월이면 출산을 했던 것이다. 여인의 모태에서 열 달을 머물다 탄생하는 생명의 고리는 탯줄로 이어져 신비하다 했으나 나에게는 탯줄보다도 더 끈끈한 생명 이전의 그 무엇이 궁금해지는 요즘이다. 만주땅을 헤매던 독립투사도 삼신할미가 부르면 고국으로 달려와서 아버지가 된다는 불가사의한 신비를 어떻게 해명하겠는가.

오월은 심란한 계절이다. 햇빛은 꽃잎에 화사한 문신을 새기고 바람은 비밀을 풀어내 현현하는 생명으로 사람들 맥박을 벅차게 뛰게 한다. 나는 이 바람을 잉태의 바람이라 부른다. A.E.M 노아

유라는 시인도 그 무리 중에 하나였던지 「어느 5월 밤의 매력」이라는 시로 심중을 토로했다.

어느 5월 밤의 매력이여
그대 나에게 무슨 말을 하려는가?
사랑에 그득찬 몸뚱이같이
그대 나에게로 오는구나.
(중략)
하지만 오 바람이여.
좀 더 내 곁에 머물러 있어라.
향기 풍기는 부드러운 바람이여.

— A.E.M 노아유 「어느 5월 밤의 매력」 중에서

이 시를 읽으면 나를 몸살나게 했던 아카시 숲에 내리는 오월 밤의 바람이 되살아난다. 오월이 저질러놓은 퀴즈를 삼월에 풀어야 하는 비극적인 여체, 그래도 생명을 품어 키운 모체이니 거룩하지 않은가.

바람이 켜는 노래

봄이 여인의 계절이라면 가을은 남자의 계절이라고 읊은 시인이 있다. 그럼에도 햇살이 순해지고 대추가 익을 무렵이면, 온 감관이 현弦이 되어 바람에 켜지면서 고향으로 불어가는 마음의 풍향은 어인 일인가.

나는 지금 수수목 수런대는 시골길을 걷고 있다. 벼이삭이 고개 숙이는 들판에는 잠자리가 떼 지어 난다. 잠자리가 꽃잎처럼 나부끼는 하늘이 가없이 넓고 깊다. 나지막했던 하늘이 올라가 호수가 된 것일까. 들길에 섰으려니 메뚜기 잡던 어린 시절이 그리워진다.

마당가에 분꽃이 벙그러질 때면 어머니는 보리쌀 닦아 옹솥에 안쳐놓고 다래끼 옆에 끼고 집을 나섰다. 언니더러는 보리쌀 한 소끔 끓으면, 아버지 드릴 입쌀 솥귀퉁이에 얹으라 하셨지만 들은 체 만 체, 우리는 어머니 쪽머리를 놓칠세라 뒤쫓아갔다. 기차 정거장

앞 큰길을 벗어나면 야트막한 고개가 있고 고개를 넘어가면 여수골이다. 예전에 여우가 많아서 붙여진 이름이라 했는데, 그때도 아이들이 다니기에는 대낮에도 으스스했다. 참나무가 빽빽한 산길이 끝나면 로터리 과수원이 한눈에 들어온다. 그 과수원까지는 논밭이 질펀했고 밭둑에 대추나무가 서 있는 곳이 우리 밭이다.

어머니는 김장배추 솎느라 여념이 없고 해는 뉘엿뉘엿 서산을 넘는다. 메뚜기 잡기에 좋은 시각이다. 낮에는 스치기만 해도 콩 튀듯 튀던 메뚜기들이 해거름이면 한 마리씩 둘러업어 굼뜨다. 콩잎에 앉은 메뚜기를 움켜 강아지풀 대궁에 꿰인다. 한 대궁이 가득 차면 또 한 대궁, 그러면 두 대궁을 합쳐 매어 목에 건다. 목띠가 꿰어 있는 메뚜기들은 가만히 있지를 않고 바르작거린다. 따갑기도 하고 간지럽기도 해서 목을 움츠리고 갈갈거린다. 해가 꼴깍 넘어간다. 어머니는 동부랑 애호박을 따서 앞치마에 담고는 다래끼를 이고 논두렁으로 내려선다.

땅거미가 지는 산길을 종종걸음으로 달려 집에 와서 보면, 메뚜기 몸통은 어디로 가고 머리만 졸루라니 매달려 있었다. 그것도 모르고 언니는 연기 품으며 풍로에 불을 피우고…….

아홉 살쯤의 기억이다. 그날도 어머니는 가을걷이에 바빠서 나에게는 관심을 줄 여념이 없었던 것 같다. 나는 밭머리에서 혼자 놀다가 대추나무에 눈길이 갔다. 대추가 조랑조랑 열려 있었다. 손이 닿지 않아서 나무에 매달리다시피 대추를 땄다. 한 개, 두

개, 세 개……. 오른쪽 주먹이 가득 찼다. 자줏빛 초록빛 댕글댕글한 대추는 왼쪽 손아귀에도 가득 찼다. 그런데 웬일인지 손에는 찼어도 마음에는 차지를 않았다. 더도 말고 꼭 한 개만 더 따면 흡족할 것 같았다. 힘껏 까치발을 하고 가까스로 한 개를 따든 순간 손에 있던 다른 대추가 빠져나갔다. 따면 빠져나가고, 그러기를 반복하는 동안 나는 약이 올랐다. 바로 그때였다. 어머니의 목소리가 들려온 것은. "그만하면 되었다." 어머니는 어느 사이 밭둑에 나와 계셨다.

지금도 들길에 서면 그날의 어머니 음성이 환청처럼 들린다. 작은 내 손은 생각지 않고 욕망의 수치가 늘어날 때, 가지고 있는 것에 만족하라는 무언의 말씀이지 싶다. 그래서 가끔 집을 나서 정처 없이 들길을 걷는지도 모른다.

한번은 친구들과 같이 참새뜰로 메뚜기를 잡으러갔다. 우리가 떠들썩하니 볏논에 들어서자 기다렸다는 듯이 깡통 두드리는 소리가 들려왔다. 그 소리와 때를 같이하여 벙거지를 삐딱하게 쓴 허수아비가 경풍하듯 떨었다. 정작 놀란 것은 참새가 아니라 우리들이었다. 나중에 알고 보니 친구 오라비가 우리들을 놀려주려고 일부러 그랬다고 한다. 그 친구도 오라비도 이제는 모두가 중늙은이가 되어 나처럼 메뚜기도 없는 들녘에서 저무는 해를 바라보고 있을 것이다.

그 사이 이내가 산그림자를 덮었다. 소달구지 몰고 가는 농부들 대신 경운기 소리가 요란하고 가끔씩 고추마대 싣고 가는 자가용도 만난다. 도시가 변하듯 농촌도 변하고 사람도 변해간다. 전에는 모내기나 마당질을 할 때면 온 동네가 잔칫집이 되었다. 그러던 것이 이앙기로 모를 심고 콤바인으로 수확하는 요즘에는 이웃도 모르게 심고 베게 되었다. 능률적이고 경제적일지는 모르나 한 식구처럼 살던 때와는 달리, 마음씨가 이기적으로 변해간다고 우려한다.

내가 어머니의 치맛자락에 매달리는 아이처럼 고향에 연연하는 것도 정을 잃어버릴까 두려워서다. 세상이 변한다 해도 사람의 정을 간직한 곳은 자연과 한데 어울려 살며 흙을 사랑하는 농부들이라는 믿음에 변함이 없다.

귀로의 고달픈 어깨를 바람이 어루만져준다. 그리고 바람은 올 때처럼 빈손으로 다른 곳으로 불어간다. 만나서는 후회 없이 뜨겁게 사랑하고 떠날 때는 뒤돌아보지 않고 갈 데로 간다. 바람은 나에게 집착하지 말라고 한다. 머물지도 말고 들고 있는 것들을 놓아버리라고 이른다. 어머니도 가고 사랑하는 사람들도 떠나고 이제 너도 떠날 때가 올 것이라고 속삭여준다.

숲은 태고림 그대로, 강은 맑은 하늘 품은 그대로 잠시 빌려 쓰고 다음에 오는 이를 위하여 제자리에 제 모습으로 두라고 한다. 바람이고 싶지만 바람이지 못한 나는 오늘도 저무는 들녘에서 작은 풀씨로 뒹굴고 있다.

설원에 서면

아침에 커튼을 여니 눈이 내린다. 평곡벌은 까무룩 눈발에 잠기고 자다 깬 가로등 불빛이 잔광을 내고 있다. 서울을 비롯한 전국에서 이미 서설을 밟았다지만 나에게는 이 눈이 서설이고 첫눈이다. 크고 작은 눈발이 입성 한 장 걸치지 않은 나목들 가지에 내려앉는다. 백설 분분한 아파트 마당에는 한 옥타브 높아진 아가들 목소리. 얼른 앞창에서 뒤창으로 간다.

어린이집 통학 버스를 기다리는 아가들이 등에 거북이 등딱지 같은 가방을 메고 종종걸음이 바쁘다. 두 팔을 벌려 하늘을 향해 눈을 받는 아가, 눈을 받아먹겠다고 얼굴을 쳐들고 입을 벌린 아가, 내 눈에는 저들이 눈송이로 보인다. 아무 걱정 없는 천진한 유희, 옆에 있는 어른들은 눈 때문인지 움츠러드는데 아가들은 꼿꼿하게 밝기만 하다.

그때 한 아기가 옆에 있는 어린이놀이터로 쪼르르 뛰어간다.

아파트 마당에 오는 눈은 오는 대로 녹아서 물기가 되는데 놀이터에는 떡가루를 뿌린 듯 온전히 하얗다. 아가는 환호하며 완벽한 순결 위에 점을 찍는다. 콩 콩 콩……. 이층에서 내려다보는 발자국은 그대로 음표다. 그래, 하늘이 허락하는 아가들의 세상도 이렇게 첫눈 온 날 놀이터처럼 깨끗하기를, 아무리 번다한 어른들 세상이래도 동심의 영역만큼은 보호되기를, 노란 버스가 천천히 들어온다. 그 사이 놀이터에서 고사리 같은 손으로 눈을 뭉친 아가들이 눈을 들고 타려 하자 엄마들 손길이 떨쳐낸다.

다시 앞창으로 옮긴다. 바람을 타고 눈은 분분하게 내린다. 젊었을 때는 첫눈 오는 날 첫사랑과 만나자는 약속도 했지만, 세월 탄 간이역엔 기다림도 떠나갔다.

마음은 설피를 신고 싸리문을 나선다. 언제나처럼 문을 나서면 겨울 사과밭이다. 사과나무를 스물다섯 해 길렀으니 내 의식 한가운데는 어쩔 수 없이 사과밭이 들어 있나 보다. 과수원의 사계는 아름답지 않은 것이 없다. 그 중 가장 좋아한 겨울 과수원, 대지는 눈 이불을 덮고 고요하다. 뒤끓던 애증도 헛된 희망도 모두 벗어놓고 평화롭다. 그 대지에 뿌리박은 사과나무들, 다산의 여인처럼 등 굽고, 상처 입고 본색 예쁘지 않은 나무들은 신음조차 숨죽인 의연한 은자다. 세상에서 주목을 받고 싶은 날, 아니 주목받으려다 좌절한 날 그 사과밭에 서면 나무는 그냥 살라고 가르치고 찬 바람 가르는 나무 울음으로 달래줬다. 그리고는 은근히 주목받기를 그만둘 때 네 삶은 영근다고 귓속말로 일러줬다.

겨울 사과밭이 나를 흔드는 것은 정직한 모습 때문이다. 꽃으로 말하는 봄보다 잎으로 우거지는 여름보다 탐스러운 사과로 찬란해지는 가을보다 희망, 명예, 욕망 다 벗어버린 헐벗되 궁하지 않은 존재의 가벼움. 시시비비 가리지 않고 도토리 키 재기 경쟁하지 않고 자신의 길을 가는 군자의 모습이 좋아서다. 그것은 자족의 삶이다.

그래서 겨울이 오면 내 의식은 설원으로 떠난다. 가지고 갈 것은 없다. 그동안 어디다 빼놓고 살았는지 모르는 나를 챙겨 나만 가지고 가면 된다. 캠핑족들처럼 설원 가운데 상상의 텐트를 치고 때 묻은 의식을 버리고 싶어서다. 더 할 것도 덜 할 것도 없는 본연의 나와 대좌하고 끝없는 대화를 나누고 싶다. 그리고 세상에 나갈 때면 눈처럼 맑아지고 깨끗해져 새로 태어난 아이로 서기 위해서다.

눈이 와야 겨울이다. 겨울은 피 뜨거운 사람들조차 내향하게 만드는 마법의 계절. 봄, 여름, 가을 내내 밖으로만 나가던 발걸음이 모처럼 불빛 아래로 모여들어 체온을 나누는 사랑의 계절, 환영한다.

냉장고도 노크하고 여니?

나를 좋아하는 어떤 친구가 말하기를 가슴속에 불덩이 하나 끌어안고 사는 여자라 했다. 불덩이가 제물에 달아 사람 운명 바꿔놓기 십상이라는 이야기도 들었다.

내 깜냥으로는 어림없는 일인데 왜 그렇게 보였는지 모른다. 그 천둥벌거숭이 같은 끼가 문학과 만나지 않고 가슴에 고여 있었다면 끼가 넘어 자진해버렸을지도 모를 일이다. 일상에서는 지극히 평범한 상식적인 사람인데 가끔씩 본 병이 도질 때가 있기는 있다.

그 첫째가 글 쓸 때의 일이다. 뭔가가 충동에 의해 심상에 비치기 시작하면 침몰 기행이 시작된다. 서서히 진행되어가는 끝없는 침몰, 말이 없어진다. 먹는 일, 자는 일 대충하고 무엇에 씌인 듯 골똘해지는데 눈은 퀭하니 들어가고 허깨비가 된다. 그런 날 밖으로 나가면 하루 종일 쏘대기 일쑤고 농장에서 밭을 맬 때는 한자리에서 맴을 돈다. 손에 잡힐 듯하면서 사라지는 그 무엇, 상상의 세계거나 체험의 세계거나 의식 속에 들어오면 집요하다.

대충 여기까지가 강신을 기다리는 무녀의 몸짓일 터, 한순간 접신이 되면 귓가에 속삭이는 목소리가 있는데 나는 그것을 영감이라 부른다. 잠자리에 누우면 더욱 또렷하게 울리는 음성, 부리나케 메모해두지 않으면 사라진다. 내처 속삭여주면 오죽 좋으랴만 영감이라 부르는 그 님은 머리만 있지 꼬리가 없어 잡아두지를 못한다. 그때의 안타까움을 아는 이는 알리라.

온밤을 이렇게 영감하고 싸우다보면 정작 내 옆에 누워 자는 진짜 영감하고 부부싸움으로 이어진다. "내 참 못살겠네, 제발 잠 좀 자자 잠 좀." 그리하여 드디어 추방명령이 내렸다. 한 지붕 밑 각방살이가 십여 년을 넘었다.

『월간 에세이』라는 잡지에 수필을 3개월 연재할 때라고 기억한다. 날씨는 덥지 정한 날짜에 나가야 하는 원고가 큰 부담이 되었다. 긴장 또 긴장 그날 따라 찜통 같은 날씨여서 세수를 하려고 화장실 앞에서 노크를 했는데 기척이 없었다. 나중에는 세수 건은 잊어먹고 계속 노크를 했던지 방에서 나오신 시어머님께서 "너는 냉장고도 노크하고 여니?" 하시는 거였다. 정신이 번쩍 들어보니 거기는 화장실 문 앞이 아니라 냉장고 앞이었다.

이것은 화수분이다. 보통 때는 멀쩡하다가도 뭔가에 마음이 붙잡히면 전연 딴 사람이 되는 나의 괴벽, 그로 해서 가끔 오해를 받은 경우도 생긴다. 남북 이산가족 찾기 캠페인이 여의도광장에서 벌어질 때다. 사흘 앞으로 닥친 원고마감 기일로 생피를 말리고 있었는데 밤마다 텔레비전에서는 가슴 저린 혈육들의 상봉을 중계하였다. 나는 화장대 앞에서 콜드크림을 바르는 중이라 한 손에는 크림병을, 또 한 손은 크림을 찍어다가 얼굴에 바르며 40년 만에 만나는 어떤 모녀를 바라보며 콜드크림 반 병을 그것도 한쪽 볼에다만 다 발라버린 불상사가 벌어졌다. 왜 불상사라고까지 하는가 하면 정신이 어떻게 된 것이 아니냐고 병원에 끌려갈 뻔했기 때문이다. 눈물에 콧물에 크림이 범벅된 중년 여인 그게 바로 나였다. 아직도 내가 나를 못 믿는 여자, 그래서 마지막 남은 불덩이로 누굴 다칠까 염려스럽다.

그것은 단순성이다. 글에서도 여지없이 탄로나는 단순성, 무녀에게 신이 내리면 옴짝달싹 못한다는데 나는 수필 혼에 씌면 그 지경이 된다. 그럼에도 빈틈없는 글 한 편 못쓰고 사니 나의 침몰은 부질없는 일이 아닌가 싶다.

피그말리온이라는 조각가가 있다. 그는 여인기피증 때문에 독신으로 살다가 어느 날 상아를 가지고 정교한 솜씨로 여인상을 만들었다. 자기도 모르는 사이에 여인상에게 사랑의 감정을 갖게 되었는데 그는 여인상에게 말을 걸기도 하고 애무를 하기도 하였다. 키프로스 섬에서 비너스 축제가 있던 날 그는 비너스 여신께 "저 상아 처녀를 제 아내가 되게 하소서"라고 기도하고 집으로 돌아와

보니 놀랍게도 상아 처녀가 인간의 몸으로 바뀌어져 있었다. 피그말리온의 신화라고 하지만 차가운 상아를 핏기가 흐르는 생명체로 변화시킬 수 있는 것이 예술이 갖고 있는 초혼력이 아닐까 싶다.

모든 예술가들이 그만한 초혼력을 갖고 싶어 저마다의 괴벽이 생기는 것일지도 모른다. 나 역시도 끝없는 사색의 바다로 침몰해 미궁에서 헤맬지라도 살아서 꿈틀대는 글 한 편 낚아보는 것이 소망이다. 그 소망마저 버려야 진짜 글이 보인다는데…….

제2장

사과꽃 필 때

해토머리

더딘 걸음으로 우수가 오고 있다. 이때쯤이면 과수원집들은 과목의 가지를 전정하는 봄 채비가 시작된다. 우리도 사과나무 가지치기를 한다기에 따라나섰다. 봄바람에 설늙은이 얼어 죽는다더니 옷깃을 파고드는 바람이 맵다.

그가 전지가위를 벼리는 동안 가스불에 물주전자를 올려놓고 창문을 열어젖뜨렸다. 현기증 같은 아지랑이 사이로 거름을 주는 최씨 내외의 모습이 숨바꼭질을 한다. 저 밭에 배꽃이 피면 “배꽃 피는 내 고향 그리운 고향” 노래를 하루 종일 불러대던 때가 있었다. 배꽃은 사과꽃보다 먼저 핀다. 어쩌다 보름 때와 맞물리면 달빛을 휘감은 배꽃들의 꽃사태가 소복 여인으로 보여 까닭도 없이 서러워서 또 노래를 불렀다. 아마도 서른아홉쯤의 나이였을 것이다.

보온병에 커피를 타 가지고 밭으로 나갔다. 그 사이 그는 세상일을 잊어버린 사람처럼 사과나무 가지를 치고 있다. "차그락 착……." 단음으로 펴지는 가위 소리가 오늘 따라 생기차게 들린다. 차그락 소리 뒤에 한두 박자 쉬는 고요가 호젓하다. 그 쉼표 사이로 꽃눈을 더듬는 그의 시선을 따라간다. 어떤 일에도 마음의 동요가 없는 그가 과일나무 순을 칠 때만은 소년 같은 얼굴이 된다. 무엇이 저 남자의 가슴을 설레게 하는 것일까.

버선목이라야 뒤집어보지, 옆에 있어도 알 수가 없다. 다만 생전에 아버님 말씀을 빌어보면 짐작이 간다. 열여섯 살에 장가를 가서 열일곱에 낳은 외아들을 당신은 의사를 만들고 싶었다. 의사도 힘든 내외과 의사가 아니라 치과 의사였다. 그러나 아들은 의대 지원을 포기하고 농대를 가서 농학사가 되었다. 서울에서 좋은 직장도 버리고 낙향하여 과목을 심더니 주저앉았다. 아버님은 마음대로 안 되는 게 자식농사라고 낙심이 컸다.

그의 말대로 사주팔자가 그랬던 것일까. 사과나무와 같이 있을 때 가장 생기찼고 즐거워 보였다. 그가 장년일 때는 사과나무가 400여 주 넘었다. 지금은 체력에 따라 줄고 줄어서 30여 주를 붙들고 있는데 칠순을 훌쩍 넘긴 노인이 소독하고 가지치고 거름 주며 열심히 한다. 어쩌면 그의 종교는 사과나무가 아닐까 싶기도 하다. 지금 저 얼굴에 펴지는 푸근한 미소는 나무와 대지와 바람과 나누는 그만의 교감 때문일 것이다.

"이봐, 저 소리 들려?" 하는 소리에 나뭇가지를 줍다 말고 일어섰다. 그는 나를 밭둑 밑으로 휘돌아나가는 실개울 쪽으로 돌려세웠다.

"쪼록, 쪼록, 쪼르륵."

실개울의 얼음이 녹아서 흘러가는 소리였다. 뒷산 소나무 숲에는 아직도 잔설이 희끗희끗한데 집 가까이 있는 실개울은 녹아 흐르고 있다니……. 물소리에도 강약이 있다. 조금 더 날씨가 풀리면 쫄쫄쫄 흐르다가 콸콸콸 흐를 것이고 노래가 무르익으면 제 흥에 겨워 밭둑이고 논둑이고 무너뜨릴 것이다.

물소리 덕분에 나무 밑에 앉아서 소풍이라도 온 듯 커피를 마셨다. 그 소리가 커피 물 내리는 소리와 닮아서 더 목이 탔는지 모른다. 전지된 나뭇가지를 주워 다섯 단으로 묶고 나서 허리를 폈다. 아직은 고요한 들녘이다. 멀리 큰 냇가의 버드나무가 파르레한 너울을 쓰고 누군가를 손짓해 부르는 것 같다.

나무를 바라본다. 자라고 싶은 대로 자란 가지들이 얽히고설켜 복잡한 데도 바람은 거리낌 없이 불어가고 새들도 부딪힘 없이 날아다닌다. 그런데 나는 왜 자신이 주체하지 못할 세상의 부피와 무게를 짊어지고 허덕이는지, 바람처럼 새처럼 살 수 없을까.

가지를 쳐주고 나니 모양새도 바르고 시원해 보인다. 사실 몇 그루 되지 않는 사과나무 가지치기를 하는데 내가 꼭 있어야 할 이유는 없지만, 구태여 따라오는 것은 여기 토계리에 오면 머리가 맑아지고 무언가 가닥이 잡히기 때문이다. 기도가 되지 않거나 글이 잘 써지지 않는 것도 가슴과 머리가 너무 많이 얽혀 있기 때문일 것이다.

다시 그를 바라본다. 바람에도 얼굴이 타는지 환한 햇살에 주름살 깊은 얼굴이 오소소하다. 아버님 말씀처럼 세상일 잊고 농사만 짓는 그가 나도 때로는 답답하다. 세상의 잣대로 그를 바라보면 별 볼일 없이 늙어버린 노인이다. 그러나 그가 누리는 평화와 자족自足을 가까이서 보노라면 그는 누구보다도 자기 인생을 사랑했고 자기답게 살았다는 것을 요즘에서야 느낀다. 나야말로 삼십여 년의 세월을 거쳐서야 그를 하나의 껍데기가 아닌 존재로서 보게 되나 보다.

얼마 전에 읽은 권희돈 교수의 글이 생각난다. 성공한 사람보다 행복한 사람이 아름답다는, 성공을 삶의 기준으로 삼는 사람이 불행한 까닭은 성공하기 위하여 욕망의 끈을 놓지 못하기 때문이라 했다. 그러나 행복을 삶의 기준으로 삼는 사람은 욕망의 끈을 놓을 줄 아는 사람이기에 외면적으로는 초라해 보일지 모르나 내면적으로는 풍족한 기쁨을 느낀다는 것이다.

이제야 내 가슴에도 훈풍이 부는 것일까. 몸은 와 있어도 마음은 늘 유배지를 떠돌던 시절, 밤이면 몰래 마음의 보따리를 수없이 쌌다. 그러다가 새벽이 오면 밭으로 달려나가 간밤의 번뇌를 잊어버리고 나무들과 뜨겁게 조우했다. 어쩌면 그때, 나는 사람보다 사과나무가 좋아서 여기를 떠나지 못했는지도 모른다.

오후에는 실개울을 따라 내려가서 걸레를 빨았다. 쪼록거리며 흐른 물도 작은 웅덩이가 되어 걸레를 두드리는 방망이질이 즐겁다. 이제 머지않아 봄이 오면 대지는 왕성한 생식력으로 내시內侍의 씨라도 받겠다고 아우성치며 무리무리 새 생명을 탄생시킬 것이다.

이슬의 집

과수원 소독을 하고 있습니다. 경운기는 바삐 돌아가고 소독대에서는 소독약 포말이 퍼져 나갑니다. 가끔씩 약물을 젓는 일을 하는 틈틈이 하늘을 보고 뒷산도 보며 한눈을 팝니다. 이 고약한 버릇 때문에 지난 번 소독 때는 큰 호통을 들었습니다.

아래 밭 언덕배기 나무를 소독하는데 소독 줄 어딘가가 터졌던 모양입니다. 나가라는 호스로는 안 나가고 소독약은 산지사방으로 뿜어져 올랐습니다. 소독약을 뒤집어쓰다시피 한 남편이 경운기 발동을 끄라고 아무리 소리를 쳐도 마이동풍, 하늘만 바라보고 있더랍니다. 소독대를 집어던지고 달려온 남편은 화가 머리끝까지 뻗쳐서 소독약보다 더 쓴 화살을 쏘아댔습니다.

여름 내내 이렇게 지내고 있습니다. 왜 그런지 나는 하늘과 산이 곁으로 다가오는 여기만 오면 은밀하게 내 안의 세계로 빠져버립니다. 그리고 여기 말고 어딘가 내 집이 따로 있었을 것이란 생각을 합니다. 그리고 다음 생엔 또 어떤 집에서 살게 될까 상상도 해봅니다.

고추잠자리가 떼 지어 납니다. 파란 하늘을 배경으로 상승과 하강을 되풀이하는 잠자리의 춤이 근사합니다. 가볍게 떼를 지어 춤추는 율동은 봄바람에 나부끼는 꽃잎 같기도 하고 모닥불에 타오르는 불똥 같기도 합니다.

잠자리의 춤을 보다가 내 전생은 춤꾼이 아니었나 생각합니다. 오월 산들바람에 춤추는 미루나무의 잎새들을 보거나 오늘처럼 잠자리들의 춤을 볼 때면 '춤추어라, 춤추어라' 주문처럼 외며 내 몸에도 부력이 생겨 점점 가벼워지는 느낌을 받습니다. 나도 한 마리 잠자리가 되어 여한 없이 춤을 추고 싶어집니다. 그렇게 춤을 추자면 먼지처럼 가벼워져야할 텐데 내 날개는 지금 녹이 슬어 있습니다.

접때는 들깨모를 모종하고 도랑으로 발을 씻으러 갔습니다. 산골짜기에서 내려오는 물줄기가 세지는 않지만 모래톱을 흐르는 물이 맑아서 흙 묻은 발을 담그기가 미안했습니다. 세수를 하고 발을 씻으며 어린 시절 개구쟁이로 돌아가서 혼자서 물놀이를 즐기고 있었습니다.

그때, 도랑가의 풀줄기에 짱구머리를 한 벌레가 붙어 있었습니다. 처음 본 이상한 형상이라 한참을 들여다보는 중에 지나가던 농부가 뭘 그렇게 보느냐고 물었습니다. 그도 그럴 것이 나이를 먹을 대로 먹은 여자가 꽁무니를 하늘로 치켜들고 무엇인가를 열심히 보고 있었으니까요. 발을 멈추고 들여다보던 농부는 "잼재리여, 잼재리" 하고 마을로 내려갔습니다.

그 흉하게 생긴 벌레가 잠자리의 유충이란 걸 확인한 것은 며칠 후의 일입니다. 알에서 깨어난 유충은 물 밑바닥, 모래, 진흙 속, 물풀의 틈에서 수개월 내지 칠, 팔 년을 살면서 열 번에서도 더 많이 불완전변태로 탈바꿈을 한답니다. 그 사실을 알고부터 내 머릿속은 윤회라는 단어로 가득 찼습니다.

한 마리의 잠자리가 되기 위하여 그토록 많은 탈바꿈을 해야 한다면 오늘의 나는 또 얼마나 많은 윤회를 거쳐온 것인가 하는 생각 때문입니다. 잠자리의 유충이 탈피를 거듭하며 그때 만났던 인연들은 또 무엇이며, 오늘 나와 인연 지어진 사람들은 어느 생에 맺어진 인연일까요.

어떤 날은 인연 없이 살고 싶어 태어나지도 죽지도 않게 해주십사 발원할 때가 있습니다. 가족이라는 인연, 동기간이라는 인연, 서럽게 하는 인연, 애타게 하는 인연, 사랑함으로 아픈 인연의 고리에서 헤어나고 싶습니다. 그러자면 나도 레테의 강을 건너야 할 테지요. 그 강물을 마시면 과거를 깡그리 잊어버린다는 망각의 강을 말입니다.

이 여름을 아프게 보냅니다. 어쩔 수 없는 사랑 때문임을 압니다. 가까운 사람들의 병고와 사랑하는 사람들이 하나둘 우리 곁을 떠나가는 아픔 속에서 목숨의 유한성을 다시 한번 곱씹어봅니다.

다시 잠자리의 춤을 봅니다. 투명한 날개를 우주에 가득 뻗고 유유히 노니는 저 자유로움, 그것을 위하여 숱한 탈피를 꿈꾸어 온 것을 나는 지금 인정하고 있습니다. 그리하여 더 나은 영혼으로 진화하기 위한 도정으로 이승의 삶이 허락된 것이라면 모든 것을 접어놓고 허락된 오늘만이라도 기쁨의 씨를 뿌려야 하겠지요. 비록 우리의 삶이 이슬로 지은 집이라 할지라도 힘껏 끌어안고 뜨겁게 사랑하리라 마음 다져봅니다.

지금 나는 소독약을 저으며 또 한눈을 팔았습니다.

쑥 뜯는 날의 행복

들꽃방석에 앉아 쑥을 뜯는다. 다보록한 쑥에 창칼을 대면 저항 없이 쓰러지는 헌신, 뒷산은 진달래로 몸 달구고 이웃 밭에서는 밭고랑 따는 워 워 워 소리.

읍내 아파트에 살면서부터는 차를 타면 이십 분도 안 걸리는 뽕나무골 농장에 자주 오지 못했다. 환삼덩굴 엉키듯 엉켜 사는 세상살이 참견하다보니 정작 나 좋은 일은 뒷전으로 밀려난다.

저녁에 농장에서 돌아온 남편에게 개나리와 목련이 피었더냐고 물어보면 궁금하거든 가보라는 통에 입을 다물었다. 그러나 다음날 저녁이면 핀잔은 잊어먹고 또 묻는다. 감자는 싹이 나느냐, 마늘밭에 곤자리는 안 먹더냐, 밥상머리에 앉아 시시콜콜 물어봐도 어제와 같은 답, 그러다가 아흐레 만에 나선 걸음이다.

현관문을 따기도 전에 올 봄에 새로 심은 과목들의 안부부터 살핀다. 내가 궁금해하던 사이 목련은 피었다가 지고 모과꽃이 수줍게 피어난다. 화무십일홍이라더니 봄꽃 피고 지는 것은 꿈결처럼 느껴진다.

옆 밭에 조카네가 황소를 부려 고추밭 고랑을 따고 있다. 일꾼을 구하지 못해 식구끼리 한다는 말을 듣고 일손 비지 않게 점심을 지어준다 자청해놓고 찬거리를 준비하러 나섰다.

정구지 나긋한 싹을 도리고 돌나물도 뜯었다. 초고추장에 살짝 무치면 산뜻한 그 맛이라니. 쑥은 바득바득 씻어 쑥물을 빼내고 들기름으로 조물조물 주물러 날콩가루를 묻힌 후 끓는 멸치다시 된장국에 뿌려 넣고 가스불을 끈다. 한참 있다가 한소끔 끓여 파, 마늘을 넣으면 국물이 순하고 향기도 좋다. 시골에서는 노상 먹는 된장국인데도 물리지가 않는 것은 된장 체질이라 그런 것 같다. 앞 도랑에서 돌미나리를 뜯어다 살짝 데쳐 무치고 옥파로 강회도 만들었다. 일꾼들이 쑥국을 두 대접씩이나 먹었다. 쑥국을 비우고 나물을 털어 넣고 밥을 비볐다. 그렇게 점심을 푸지게 먹고 나서 바구니 옆에 끼고 나선 길이다.

나물도 조급하게 뜯으면 재미가 없다. 세월아 네월아 하면서 뜯어야 나물 뜯는 삼매경에 접어든다. 옛날의 여인들은 구황식품으로 쑥을 뜯었다지만, 한 세기도 못 가 나는 건강식품으로 쑥을 뜯고 뜯는 재미에 쑥을 뜯는다. 다리가 아프면 앉아서 쉰다. 머리수건도 벗는다. 산비탈에 군락을 이루어 피어난 진달래, 조팝꽃이 곱다. 세상이 곱다. 고운 꽃을 아픔 없이 본다는 게 축복이라는 것을 깨닫는다. 사랑하는 사람들을 떠나보낸 이는 저토록 고운 진달래도 슬픔인 것을. 사실 아름다운 것들은 모두가 슬픈 그림자를 지닌 것은 아닌지, 허무를 알아버린 탓일지도 모른다. 햇살이 등허리를 간질인다. 양지녘 고양이 졸음 오듯 오수에 젖는다.

졸음 오는 눈으로 발아래 뜬세상을 본다. 인큐베이터 안에서 내다보는 느낌이 이럴까. 상행선 하행선 꼬리를 잇는 차량들의 행렬 가운데 사고가 났는지 경광등이 돌아가고 있다. 누가 또 다치고 생명을 잃는지 모르겠다. 머리가 깨지고 죽어가면서 왜 줄창 앞서려고만 하는지, 뒤처지는 고통이 죽음만이야 하겠는가. 최고가 아니라 최선의 삶도 아름다운데……. 농사를 짓고 사는 아낙네가 생존 경쟁의 비정함을 짐작이나 하랴만, 빨리 달리다보면 목표만 보이지 간이역은 보이지 않는다. 사실은 자잘한 기쁨들이 모여 삶의 원동력이 되고 보람을 안겨주기도 한다. 최고야 하나면 되고, 여럿의 차선들이 울고 웃으며 삶이라는 대하로 흘러가지 않는가. 장바닥에서 순대국을 앞에 놓고 함박웃음을 웃는 촌로의 삶이거나, 지친 어깨를 아가들의 환성 속에서 쉬는 민초들의 가슴에도 보석 같은 기쁨이 있다.

나는 지금 한 뼘의 땅, 한 뼘어치의 햇볕으로도 해맑게 웃고 있는 솜양지꽃의 충만함에 함께 젖는다. 패기도 능력도 없는 약한 자의 변명일지 몰라도, 내게 없는 것을 찾아 남과 비교하면서 고통스럽게 지내느니, 내게 있는 것에서 기쁨을 찾고 보람을 느끼며 사는 것이 인생을 낭비하지 않는 지혜라고 귀띔해주는 것 같다. 이러다가도 저 아래로 내려가면 꺼지지 않는 욕망으로 괴롭기도 하겠지만…….

바람이 청정해서 호흡선을 해본다. 그리고 어느 선승처럼 조용히 뇌어본다.

"숨을 들이마시면서 내 몸을 안정하고, 숨을 내쉬면서 웃음을 띄웁니다. 내가 머물고 있는 이 순간이 경이로운 순간임을 나는 알고 있습니다."

오래 전에 나를 쑥이라고 부르던 사람이 생각나고 지금거리는 보릿겨 쑥개떡을 부끄러워하며 건네주던 어릴 적 친구도 생각나는 봄 들녘, 내 바구니에는 쑥 말고도 최선의 꽃을 피워 올린 작은 솜양지꽃의 무심無心이 큰 무게로 담긴다.

꽃차를 우리며

아침 햇살이 거실 깊숙이 들어온다. 햇살 덕분인지 게발선인장이 느린 몸짓으로 꽃봉오리를 부풀리고 있다. 이 화초는 여름내 게발게발 잎만 키우다가 겨울이 깊어서야 잎새 끝에 바늘구멍만 한 상처를 내고 개화를 시작한다. 붉은 기미뿐인 잎만 바라보고 있노라면 그 느린 행보 때문에 갑갑증이 생긴다. 그러기를 이십여 일, 상처는 봉오리가 되어 제법 봉싯하다. 햇살은 주춤주춤 기어 나와 마지막 손길인 듯 봉오리 부푸는 게발선인장을 쓰다듬고 추녀 밑으로 올려붙다가 뜰 앞에 나목으로 선 호두나무를 탄다.

점점 밖으로 나도는 일이 편치 않다. 바쁘게 사는 젊은 사람들을 만나면 시간 빼앗는 것 같고 동기간들은 멀리 살아서 만나기 어렵다. 만만한 게 친구인데 친구들은 물리치료실에 가서 누워 살고 아프다고 하니 찾아가기도 민망하다. 강의가 있는 날을 빼고는 집 안에서 지내는 일이 많다. 전 같으면 책을 들고 있으면 하루가 언제 지나가는지 몰랐지만 지금은 십여 쪽을 읽고 나면 눈이 아프다. 좋아하는 연극이나 영화 나들이가 뜸해지니 자연 소일하는 농장 출근이 제격인데 아직은 겨울이다. 이렇게 적적한 날이면 나는 꽃차 우리는 소꿉놀이를 시작한다.

사람들은 차를 마실 때 먼저 눈으로 색을 즐기고, 이어서 코끝을 간질이는 향기를 탐하고, 마지막에 혀끝에 감도는 깊은 맛을 즐긴다지만 내가 꽃차를 우리는 것은 혼자 놀기 위해서다.

햇살이 포근하게 비쳐드는 거실에서 달그락달그락 다기를 꺼낸다. 자주 마시는 보이차를 우릴 때는 앙증맞은 자사호를 내고, 우롱차를 마실 때는 음전한 백자 다관을 쓴다.

그러나 오늘처럼 꽃차를 우릴 때는 유리 다관이 제격이다. 말간 유리 다관에 마른 꽃잎 대여섯 송이를 넣고 뜨거운 물을 붓는다. 배시시 피어나는 꽃잎을 볼 수 있는 것이 투명한 유리 다관의 장점이다. 성정이 급하고 조신하지 못한 내가 다탁 앞에서만은 요조숙녀가 되는 이유는 바로 차의 고요한 마음이 이심전심으로 전해지기 때문이 아닌가 싶기도 하다.

밖에서는 간간이 바람이 분다. 먼 도로에 차량들만 오갈 뿐 사람은 없다. 지금 방 안에는 장사익의 노래가 "찔레꽃처럼 춤췄지, 찔레꽃처럼 노래했지, 당신은 찔레꽃 찔레꽃처럼 울었지" 하며 애절하게 넘어가고 있다.

그 사이 유리 다관에는 화면이 바뀐다. 노란 빛 봄이 와 있다.

화사하다. 꽃잎들이 모두 아래를 내려다보고 제 본새로 활짝 피어난다. 하염없이 바라본다. 어찌 이리 고운가. 살아서 한세상 죽어서 또 한세상, 요술 같다. 중국 오대산 자락에서 피어 살던 꽃이 죽어 환생하여 여기 한국 땅에서 또 피어나는가. 세상 만물이 인연법에 따라 윤회하며 몇 천 겁을 태어나고 사라짐을 거듭한다더니 이 꽃송이가 나에게 그것을 설법하려나 보다.

다관을 들어올린다. 금련화 꽃송이가 수면 아래로 꽃잎을 열고 웃는다. 다관을 흔들어보면 출렁이는 노란 색에 취해 현기증이 날 것 같다. 벌써 봄멀미가 나는가. 향기도, 맛도 잊고 그저 바라만 본다. 현기증 같은 묵은 그리움이 꽃잎처럼 피어오른다. 장사익이 하얀 찔레꽃을 보고 그 향기가 너무 슬퍼 울었다고 목을 꺾는데 죽었다가 살아나는 꽃잎이 대견해서 속이 아리다. 손이 닿으면 바스러질 것 같은 마른 꽃송이를 차칙으로 퍼내 다관에 넣을 때 내 손은 미세하게 떨렸다. 어떤 주검 앞에 있는 것 같은, 거기다가 섭씨 100도의 물을 부으며 스스로 잔인하다 생각했다. 두 번 죽는 참담함……. 그러나 꽃은 미움도 원망도 없이 환하게 새로 피어 웃으니 바로 보살이다. 정말 우리 삶의 여정 밖에도 이런 세상이 존재하는 걸까.

혼자 놀기가 오붓하다. 마음이 눈 떠 있으면 천지만물이 보살이다. 느린 걸음으로 피어오르는 게발선인장도 보살이요, 멀리 중국 여행 중에 벗을 위해 꽃차를 사온 문우도 보살이다. 나는 햇살

보살, 노래 보살, 꽃 보살과 더불어 덧없다는 한생을 순례하는 열락에 취한다. 혼자 놀기 칠십여 년 만에 눈 뜨는 각성이다. 고요한 마음 호수에 두 손 합장한다.

빛나지 않는 빛

거실 벽에 액자가 걸려 있다. 유명한 예술가의 작품은 아니지만 나는 이 작품에 어떤 예술 작품 못지않은 의미를 둔다. 우리 집에 오시는 손님들이 액자에 있는 글의 의미가 무엇이냐고 물을 때가 있다. 아마도 글의 뜻이 매우 깊고 오묘해서 쉽게 이해하지를 못하기 때문인 것 같다.

액자에는 하얀 여백에 眞光不煇(진광불휘)라는 글씨가 두 줄 종으로 쓰여 있고 줄을 바꿔 賀 上梓(몸으로 우는 사과나무 상재를 축하하며)라는 글씨가 역시 두 줄로 있다. 다음은 여백을 넉넉히 두고 대나무를 그렸고, 아래는 1986년 처서절이라 쓰여 있다. 처음과 끝 부분에 낙관을 찍었다.

15년 전의 이야기다. 첫 수필집을 출간하고 분에 넘치는 격려를 받았다. 특히 출판을 맡아주신 출판사 사장님의 뜨거운 관심과 격려는 수필가로 살아가는 동안 잊지 못할 것이다. 그도 그럴 것이 철없는 아이 모양 부끄러운 줄도 모르고 살아온 이야기를 썼다. 썼다기보다는 가슴에 차고 넘쳐서 어쩔 줄 모르다가 수필이라는 분화구를 만나 용암처럼 뿜어올렸다는 말이 맞을 것이다.

쑥스럽기도 하고 자신이 대견스럽기도 했다. 지금도 그렇지만 노래를 잘하나, 솜씨가 좋은가, 맘씨 맵시가 좋아 사람들에게 귀염을 받는가, 건강도 좋지 않아 주눅이 들어 살아왔다. 더구나 시골에서 농사를 짓다가 서울로 올라간 처지라 나의 촌스러움은 수필가로서 어색한 모습이었을 것이다.

가끔씩 세미나나 모임에 참석해보면 수필문단의 여러 선생님을 뵙는다는 기쁨 뒤에는 자신이 위축되어 후회가 따랐다. 그런 나에게 고졸한 그림과 글씨로 축하를 보내주신 분이 계시니 원로이신 Y선생이시다. 그 황감한 선물을 받고 한동안은 아무에게도 말하지 않고 비밀한 기쁨을 혼자 누렸다. 서울에서 시골로 이사를 올 때는 보물상자를 안고 오는 마음으로 왔다. 아파트 벽에 액자를 걸었다.

어느 날이었다. 도장을 받아야 할 우편물을 가지고 온 우편집배원이 현관에 선 채로 벽을 뚫어져라 보고 있는 거였다. 영문을 몰라서 섰으려니 "진, 광, 불, 휘, 차암 좋네요." 혼잣말처럼 중얼거리며 돌아갔다.

우체부가 돌아가고 나서 그 뜻을 다시 생각해보았다. 뜻을 풀이하면 '참된 빛은 찬란하지 않다'로 되겠는데 빛이 빛나지 않으면 생명이 없는 거나 다름없지 않는가. 그렇다면 무슨 뜻으로 나에게 이런 글귀를 손수 써주셨을까. 그 뒤로는 액자 앞에 서면 그냥 기쁘기만 한 것이 아니고 기뻤다 부끄러웠다 뒤범벅이 되었다.

겨울을 빼고는 농장에서 많은 시간을 보내면서 피부로 느끼는 것이 하나 있었다. 봄이 되면 사과꽃이 핀다. 여름이면 콩꽃이 피고, 고추나 옥수수, 벼꽃도 핀다. 그런데 이런 꽃일수록 작고 미미하고 볼품이 없는 거였다.

뜰에는 칸나, 접시꽃, 모란꽃이 여왕인 양 피어나 마음을 사로잡는데 과일이나 곡식을 맺는 꽃들은 보잘것없고 피는 듯 져버리는 것이다. 그러나 가을이 오면 여름내 성숙시킨 열매들로 존재를 드러낸다. 어찌 꽃들뿐인가.

사람들 세상도 그 범주를 벗어나지 않는 것 같다. 신춘문예에 당선된 이십대의 젊은이가 매스컴의 각광을 받으며 화려하게 등단을 하나 얼마 가지 않아 소리 없이 사라지는 경우가 더러 있다는 이야기를 들었다. 그러나 한평생을 바쳐 문학의 외길을 걸어 후세에 빛날 작품을 남기는 분들도 있다.

그동안 나는 액자 앞에 수백 번 섰다. 대나무의 곧음과 맑고 단아한 글씨, 글귀에서 풍기는 깊은 의미를 수없이 짚어보았다. 특히 누가 알아주기를 바라는 마음이 생길 때, 내가 한없이 작고 초라해 보일 때 이 글 앞에 서면 선생의 격려의 말씀이 들리기도 한다. 어떤 날은 따가운 채찍으로 나의 허영을 나무라주고 어떤 날은 기다림과 정진이라는 묵언을 주기도 했다.

지난 여름 괴산 화양동 골짜기에서 불꽃놀이를 보았다. 청소년수련원에 연수를 온 젊은이들을 위한 행사인 듯했다. 개울가에서 화포를 쏘아올리는 모양이었다. 하늘로 치솟는 화포가 어느 순간 공중에서 탁 타닥 하며 터지면서 무수한 불꽃을 방사했다. 캄캄한 시골의 밤하늘을 수놓는 불꽃은 처연하도록 찬란했다. 모두가 환호하며 불꽃을 바라보았다. 그것은 찰나였다. 온 세상을 밝힐 듯 환해졌다가 금세 재로 사라지는 향연, 향연 뒤의 어두움은 더욱 깊었다.

그날 밤 숙소로 돌아오며 올려다본 하늘에는 찬란한 불꽃놀이에 가려 보이지 않던 별빛이 영롱했다. 빛나되 눈부시지 않는 빛, 태초부터 비춰왔을 그런 빛을 진광眞光이라 하는가. 그럼에도 나는 한순간일망정 불꽃처럼 타올라 소진되고 싶다는 생각을 하니 어리석음은 언제나 끝나려는지, 휘황하고 찬란할수록 섬광처럼 사라지는 이승의 불꽃놀이에 현혹되어 억만 광년을 빛나고 있는 별빛을 잃어가고 있는 것은 아닌지, 진광은 찬란하지 않아도 어둠이 깊을수록 영롱해지지 않던가. 평생을 조용히 문사로 살아오신 선생의 삶이야말로 우리에게 영원한 빛의 존재이시다. 선생께서는 내 얄팍한 근기를 아시고 불꽃놀이의 허망함을 알려주신 것일지도 모를 일이다.

진광불휘의 뜻은 이즈음 또 다른 뜻으로 채근한다. 이십 년 수필을 써왔지만 아직도 완벽한 글을 쓰지 못하는 나에게 정말 좋은 글은 번드레한 것이 아니라 소박한 것이라는 말씀을 하고 계신 것 같다.

재산 목록 1호, 나의 영원한 스승이시다.

이쁘지도 않은 것이

끝이 보이지 않는 들판이 연둣빛으로 번져온다. 여기저기서 논 갈고 밭 가는 경운기 소리가 활기차게 들린다. 일철이 온 것이다. 아침부터 뽑은 풀이 겨우 한 이랑이다. 이것도 일일까만 흙내를 맡으니 생기가 난다. 털퍼덕 주저앉아 뽑다가 쉬고, 쉬다가 뽑는 잡초들. 그 사이로 미풍이 손사래를 친다.

지난 일요일에 서울에서 내려왔다. 지구의 온난화현상으로 한동안 봄 더위가 와서 철 이른 반팔 옷을 입게도 하더니 평년기온을 되찾자 중국 대륙에서 황사가 불어왔다. 눈이 뻑뻑했다. 닦고 보아도 침침하고 감고 있어도 뻐근했다. 병원은 감기 환자로 연일 만원이고 한번 걸리면 한두 달을 앓아야 낫는 감기를 나도 줄창 달고 살았다. 꽃철이라고는 하나 아직은 일교차가 심해서 산골짜기 시골집에서 지내기가 불편하지만 맑은 공기, 푸른 하늘을 믿고 내려온 것이다.

농촌에서는 일손이 바빠지고 있다. 비닐 온상에서 고추모가 자라고 수도전에는 볍씨를 물에 담가놓았다. 담배를 심고 마늘밭을 매는 집도 있다. 우리도 어제는 감자씨를 놓고 장에 나가서 밤나무 묘목을 사다 심었다. 우루과이라운드가 어떻고 북한 핵이 어떻고 심지어는 불바다가 유행어가 되어도 씨 뿌리는 사람들은 씨를 뿌리고 아기를 낳고 해는 떠오른다.

밭에는 냉이, 벌금다지, 엉겅퀴, 쑥들이 부산하게 돋아난다. 지칭개는 너름새 좋게, 달래와 씀바귀도 지천이다. 풀을 뽑으며 나물을 가려놓는다.

아직은 꽃이 피지 않는 잡초 속에 잔잔하게 흔들리는 노란 빛이 있다. 있는 듯 마는 듯싶게 여리디 여린 것들이 땅에 붙어서 꽃대를 밀어올린다. 꽃다지꽃이다. 바람결에 따라 쓰러질 듯 흔들리다 바로 서는 천진스러운 얼굴들. 호미를 놓고 바라본다. 이쁘지도 않은 것이 어째서 가슴을 흔드는가. 풀꽃을 바라보는 마음으로 강물 같은 평화가 넘친다. 서울이라는 대하에서 부초처럼 부유하던 내가 양지 한 뼘 얻어서 내려앉은 기분이랄까.

내친김에 밭고랑에 엎드려본다. 딴 세상이다. 위에서 내려다보던 꽃은 미미하고 자잘하다고 느꼈는데 엎드려 보는 꽃들은 의젓하고 출중하다. 그래, 사람이 땅처럼 겸손하다면 세상 모두가 은혜를 베풀고 있음을 알겠구나.

세상에는 크지 않아도 아름다운 삶이 있고 힘세지 않아도 지혜로운 사람들이 있으며 연약해도 착한 일하는 사람들이 많이 있는데, 크고 화려한 것만, 잘나고 높은 것만 찾아헤매니 고달플 수밖에 없지 않은가.

나는 지금 이쁘진 않지만 사랑스럽기 짝이 없는 풀꽃 속에서 새로운 우주가 열리고 있음을 보고 있다.

세탁 삼매三昧

"또 빨래야? 세탁기는 두었다가 삶아먹을래? 안 쓰려거든 엿장수 불러다 엿이나 사 먹지."

그이의 성화가 귓전을 때린다.

세탁기가 시판되자마자 서울에 사시는 시어머님 특명으로 '백조세탁기'를 곧바로 들여놓았다. 언제나 약골인 며느리가 농촌일에 시달리는 것을 안쓰러워하시던 시어머님과 애처가라면 첫째라고 뽐내는 그이의 열성에 힘입어 들여온, 목욕탕에서 위용을 자랑하고 있는 세탁기다.

맑은 물을 칠 부쯤 붓고 가루비누를 저어놓은 후 단추 하나만 누르면 왜앵왜앵 모터가 돌아가 세탁이 되는데, 한두 번 돌려보니 탐탁치가 않았다. 고운 때가 묻은 남방셔츠나 수건, 양말짝 할 것 없이 집어넣기만 하면 휘휘 말려들어가 뭉쳐지는 것도 언짢은데 겉때와 속때가 한데 어우러져 그야말로 구정물이 되고 보면, 거기서 건져내는 세탁물이 처음보다 더 구저분해지는 것이 꺼림칙했다.

또 한 가지는 세탁하면 싹싹 문지르고, 지려잡아 비비고 훌랑 뒤집어 흔들어 씻어내고 맑은 물에 헹구는 그 맛 아닌가. 그래서 나는 세탁기는 장식품처럼 놔두고 빨래함지를 이고 앞개울로 나가는 것이다.

뒤통수에 와 박히는 그이의 따가운 시선을 짐짓 콧노래로 뭉개고 오솔길로 나오면 여기저기 풀숲에서 튀어나오는 개구리가 찬 등을 맨발에 비비기도 하고, 꼬리 저으며 따라오는 강아지가 좋아라 장난을 친다.

하천 둑에는 달맞이꽃이 노랗게 피다 만 채 있고 군데군데 피어 있는 패랭이꽃 보랏빛이 수줍다. 냇물은 언제 보아도 시원스럽다. 어떤 날은 파란 빛깔이 물감처럼 번져 있기도 하고 어떤 날은 바알간 노을이 조약돌에 걸려 한 폭의 수채화가 되기도 한다.

하천 둑에 서 있는 미루나무가 물속에 거꾸로 춤추고 냇가에 나와 놀던 송사리 몇 마리가 발소리에 놀라 냇물을 거슬러 올라가며 방귀를 뀌는지 뽕울뽕울 물방울이 올라온다. 저만큼에는 풀을 뜯다 쇠똥에 주저앉은 황소가 되새김질로 낮잠을 달래고 이듬매놓은 논에서 한바탕 술래잡기하던 바람이 지나가면서 벼 내음을 털고 간다.

물속으로 비치는 삼라만상은 신비롭고 아늑하다. 우두커니 서 있는 내 모습도 처음 본 여인처럼 생소하지만 그 너머로 펼쳐진

옥빛 하늘로 인해 정겹고 상념마저 일으키게 한다. 한번도 가보지 못한 천국의 길 한 귀퉁이도 이처럼 평화롭고 아늑할까.

나는 빨래함지를 판판한 돌 위에 내려놓고 팔소매를 걷어올린다. 굽이치며 흐르는 시냇물에 두 손 두 발을 담그면 전신으로 퍼져오는 시원한 물줄기에 생명수를 마시고 소생하는 환자처럼 생기가 난다. 맑은 물에 푸푸 세수를 하고 수건을 빨아서 머리에 걸쳐놓으면 준비 작업이 끝나는 것이다.

빨랫감을 꺼내 무색을 따로 구분하고 속옷, 겉옷, 작업복을 각각 나누어 물에 적셔 돌 위에 얹어놓는다. 차례로 한 가지씩 물을 흠뻑 묻혀 서너 번 비비고 곰살궂게 비누칠을 한다. 땀에 찌든 소맷부리, 솔기마다 끼어 있는 때를 싹싹 비벼 돌돌 흐르는 물 위로 펴놓으면 땟국은 밑으로 떠내려가고 거무죽죽했던 옷은 하얗게 물 위에서 춤춘다. 이 맛이다. 이렇게 깨끗하게 빨아지는 맛이다.

그러나 모든 옷이 그렇게 쉽게 세탁되는 것은 아니다. 가장 쉬운 것이 화학섬유, 섬유질이 고와 물을 먹으면 처녀 속살을 만지듯 보드랍다. 면내의나 베갯잇, 이런 것은 솔기에 비누칠을 하고 싹싹 문대고 비벼대기를 몇 번 해야 하는데 대개의 것은 비누칠을 해서 삶아야 하니까 따로 놓는다. 제일 힘든 것은 청바지류다. 물을 먹기가 무섭게 뻣뻣해져서 잘 비벼지지도 않고 와삭와삭 비벼대도 때가 잘 빠지지 않는다. 솔에다 비누를 묻혀 문지르고 헹구고 또 문지르고 헹구고 땀을 흘리다보면 나도 이런 모질고 우악스러운 인간이 아닌가 하는 생각이 든다.

하기사 사람도 여러 종류이다. 삽삽하고 정겨우면서도 쉽게 넘어가지 않는 사람, 질긴 사람, 이런 사람은 화학섬유계일까. 무덤덤하고 약삭빠르지 못해도 착한 천성으로 제 할 몫은 다하는 면류 같은 사람, 역경을 만나도 끄떡 않고 힘은 힘으로 욕은 욕대로 갚으며 버젓이 살아가는 청바지류.

청바지를 헹구다 물속을 본다. 소리 내며 흘러가는 시냇물 속엔 물살에 씻긴 조약돌이 한결 청아하다. 억만 년을 씻기며 떠내려온 조약돌, 나는 얼마나 씻겨져야 저토록 무욕무심無慾無心의 경지에 이를 것인가.

사실은 식구들의 눈총을 무릅쓰고 냇가로 내닫는 속셈은 이것이다. 곰보 빨랫돌에 옷가지를 올려놓고 비누칠하고 문지르고 비비다보면 나는 어느덧 세탁 삼매에 빠지고 마는 것이다. 단순하게 반복되는 그 작업 속에 더러운 옷가지만 빨리는 것이 아니고 찝찝한 내 마음의 때까지 정제精製되는 것이다.

주책없이 미워지는 자잘한 일상, 허무맹랑하게 부풀어오는 탐욕의 불길, 엉뚱하게 구름이 되고 싶다는 보헤미안의 분노, 이런 것들이 얽히고설켜 모진 때가 되어 나를 바수어대면 나는 빨래함지를 이고 개울가로 내닫는 것이다. 물살에 비친 남루한 내면을 방망이로 두드려 부수기도 하고 얻어맞고 아파하는 또 하나의 나에게 연민의 눈길을 붓기도 한다.

그러고 보면 세탁은 나만의 카타르시스가 아닌지, 부득불 편리한 문명의 이기를 마다하고 개울가에 퍼질러앉아 나를 빨아내는 이 작업이 심산 암자에서 참선의 빗질로 자기를 찾아내는 수행승의 고행과 닮은 것은 아닐지. 오늘 따라 가섭산은 더욱 높고 아득하며 냇물은 무심히 흐르기만 한다.

혼魂으로 쓰는 글

들녘에 피어나는 들국화는 피고 싶어서 핀다. 꽃더러 왜 피느냐고 묻지 말라. 살아 있음의 가장 확실한 모습임을…….

내가 수필을 쓰는 것도 마찬가지다.

어느 시인은 나에게 "가슴으로 오는 소리를 듣고, 가슴으로 글을 쓰는 사람"이라 하고, 어느 분은 "혼魂으로 쓰는 글"이라고도 한다. 삭여보면, 본능적인 욕구의 표현 행위로 보는 것이 아닌가 싶다. 작가가 작품을 쓸 때 그는 곧 자신의 생명을 피우는 작업이라 생각한다.

수필이라는 나의 꽃은 암울했던 시기에 구원의 손길로 왔다. 작가가 된다거나 지면에 발표하려는 꿈을 갖지 못하고 살아가는 과정에서 부딪치는 고통이 글을 쓰게 하였고 그렇게 함으로써 살아날 수 있었다.

누구에게 기대어 위로받고 싶거나 스스로 무너질 때 차오르는 비애를 기도하듯 쓰다보면 바람은 잔잔해지고 삶의 구실을 찾을 수 있었다. 그렇게 시작한 글이다. 친구이듯 스승이듯 붙잡아주고 다독여준 수필, 그래서 엄격하게 이렇게 저렇게 써야 한다고 주문하지 않았다. 이론에 급급하다보면 쓰고 싶은 대로 써지지 않았다. 나의 글이 잡초처럼 질기고 모양 없음은 거기에 기인된 것이 아닐까 한다. 다만 어떻게 쓰느냐보다 무엇을 쓰느냐에 마음을 쓴다. 글감이 진국이면 표현이나 구성에 다소 무리가 있다 해도 전달되는 공감은 컸다. 그럼에도 불구하고 써갈수록 까다로워지고 모르게 되는 까닭은 무엇일까?

그래서 수없이 흔들리며 글을 쓴다. 그것을 미완未完의 허무라고 생각한다. 개인의 감성, 체험, 지식, 사유를 동원하여 쓰지만 써놓고 보면 미흡하기 짝이 없다. 지금도 마감일에 쫓겨 원고를 부치고 나면 몸시 앓는다. 또 활자화되어 나오는 글이 부끄럽고 두려워서 열어보지 못하고 며칠을 보낸다. 그때의 부끄러움과 허탈함이 다시 글을 생각하게 하고 쓰게 하는지 모른다. 수필이 개성의 문학이라 하고, 한 작가가 쓰는 작품이 같을 수 없음은 편편마다 느껴지는 대상이 다르고 표현의 기법도 새로움을 요구하기 때문이 아닐까 한다.

이런 나에게 수필 작법이라는 트여진 도道가 없다. 다만 오래 전부터 몸에 밴 버릇이 몇 가지 있다. 자유로운 시간을 가질 때마다 글을 쓴다. 일상생활에서 평범하게 지나칠 수 없는 대상들, 자연과 사람들, 모든 사물들과의 교감을 느낌대로 기록해둔다. 그런 습관은 잠들지 못하도록 의식을 깨우고 사물에 대한 예리한 통찰력을 길러주는 것 같다. 또 섬광처럼 지나가는 영감들을 메모한다.

개미가 먹이를 물어 나르듯이 나의 체험을 확대하기 위해 자료를 모으고 스크랩한다. 이 노트는 원고지로 옮겨지는 것은 아니다. 내 것으로 소화되고 그때의 주제와 접목되었을 때 가능하다.

나는 주제가 붙어서 오는 청탁원고 쓰기가 어렵다. 기량의 부족에서 오는 것이고 독자를 의식하거나 잘 써보려는 욕심이 아닐까 싶다. 더 흔들린다. 매번 쓰는 글인데도 절벽 앞에 서 있는 느낌이다. 어떤 때는 안개 자욱한 빙벽이고 어떤 때는 손을 내밀면 잡힐 듯하다가 저만치 물러가고 더 가까이 다가서면 자취도 없이 사라지는 피안의 영봉, 시시각각 변하는 사유의 성城이다.

절벽 앞에서 마음이 고요해지기를 기다린다. 기억을 뒤져보고 쉽게 상想이 떠오르지 않을 때는 메모 노트를 펼친다. 어떤 분은 그것을 '예술적 감흥'이라고 표현했지만 나는 계기 또는 충동이라고 생각한다. 계기나 충동에 의해 대상이 잡히면 주제를 향해 소재들을 모으고 어떻게 형상화할 것인가 고심한다. 그리고 나는 왜 이 글을 쓰는가, 자문하면서 제목을 잡는다.

글을 쓰는 사람이면 공통된 난제가 첫 대목이다. 글의 주제를 암시할 수 있으면 더욱 좋다. 그러나 첫 구절보다 더 많이 생각하는 것은 마지막 구절이다.

글 쓸 때의 유의점은 나 자신에게 정직하려고 노력한다. 작가는 자신만치의 글을 쓴다. 잘 쓰려고 애쓰는 대신 나의 렌즈를 통해서 느껴지는 것을 담담하게 쓰고자 한다. 감추지 말고 자신의 부족한 면까지 성찰하고 고백하는 과정을 거치면서 수필은 곧 그 사람이 된다. 그런 면에서 수필은 나에게 허구를 허락하지 않고 인격적인 만남을 요구한다. 문장은 소박하고 되도록 쉽게 쓰고자 한다. 편견이 아닌 보편적인 진실의 모습을 나의 사유로 걸러 나의 그림으로 형상화하려 한다.

글 쓰는 일을 산고에 비유하기도 하지만 나는 열병이라는 생각을 자주한다. 쓰고자 하는 대상과의 어우러짐, 그것은 밀애와도 흡사한 심적 충동이다. 자나 깨나 오로지 탐구하고 유인하고 애무하고 의식은 한 층계씩 내면으로 침잠한다. 열이 오른다. 눈빛이 비어가고 오관의 넋이 빠져버린 허수아비가 되면서 눈부신 빛줄기를 따라간다. 그럴 때 나는 수필혼과 접신한다. 어딘지 모르는 곳으로 끌고 가서 가슴을 열어주면 일사천리로 절벽을 오른다. 그렇게 마무리 짓는 것은 추고를 많이 하지 못한다. 아마도 사랑에 눈이 먼 탓일 것이다. 내 안에 고여와서 출렁이는 것을 쓸 때의 일이다. 대개의 경우는 노트에 초벌을 쓰고 원고지에 세 번쯤 옮기면서 가지를 쳐낸다. 청탁 기일에 쫓기지 않으면 서랍 속에 묵히면서 퇴고를 한다.

지금까지의 글이 살고 싶다는 외마디 소리였다면 앞으로는 들국화 같은 수필을 쓰고 싶다. 악천후의 기상에도 쇠하지 않고 무서리 내린 들녘에 다소곳이 피어나는 들국화, 저만의 조용한 품격을 지니고 깊은 사색으로 결을 삭여내 아름다운 혼이 깃든 글, 유연하게 흐르되 뼈가 있는 글, 사람의 가장 깊은 곳으로 스며드는 감동의 향기가 있는 글을 쓰고 싶다.

사과꽃 필 때

달팽이처럼 숨어드는 서재에 오늘은 초록비가 내린다. 어제까지만 해도 송홧가루가 날아와 잎맥마다 뽀얗던 사과나무 잎새들이 간밤부터 내리는 비에 씻겨 세수한 얼굴이다. 아직은 아기 손 모양, 여리고 작은 잎새들이 바람을 맞고 흔들리는 모습은 애처롭다. 나무는 우두커니 서 있는 나무보다 바람 타는 나무가 한결 아름답다. 아래쪽 이파리가 술렁거릴 때 상수리 이파리는 금방 까무러칠 듯 뒤채이다 가까스로 제자리에 선다.

창가의 의자에 앉는다. 사방이 초록빛이어선지 빗줄기도 거기 지나가는 바람결도 초록빛이다. 나는 몸살감기약을 목축이듯 마시고 눈을 감는다. 그 사람은 비 오는 밤이면 몽환의 화필을 들었다.

나는 밤새도록 불 켜진 아틀리에를 바라보며 가슴으로 세설하는 빗소리를 들었지. 최초로 그리움을 알게 하고 떠나간 그가 이십여 년의 시공을 넘어 불현듯 찾아오는 까닭은 무엇인가. 나도 오늘은 화구를 챙겨 무한한 여백 위에 한 폭 그림을 그릴까 보다. 애증의 물결이 씻어 내린 중년의 빈터에 “사랑받기보다는 사랑하게 하소서”라는 성 프란체스코의 기도를 심으며 초록 붓으로 초록빛 그림을 그려야 하리. 초록은 희망과 믿음이라고 했지.

엊그제는 연 사흘째 꽃비가 내렸다. 꽃피기를 기다려오다가 지난 겨울 눈밭에서 놀라운 사실을 알아냈다. 눈보라 속에 꽃눈은 지그시 눈감고 있었다. 나는 경이로운 생명 앞에서 중얼거렸다.

‘꽃이 봄 한 철 피어나는 줄 알았어요. 꽃만 바라보고 아름답다고 했지요. 엄동 설한풍에도 꽃을 피우고 있는 걸 나는 이제야 보게 되네요. 문 닫고 누운 토방 안에 달빛 안고 뒹구는 꽃냄새를 겨우겨우 알았어요.’

그날의 놀라움은 나를 오래도록 설레게 했다. 역사가 하루아침에 이루어지는 것이 아니듯이 자연도 인간사도 그렇게 단순한 것이 아니었음을, 만나고 헤어짐도 억겁 전생부터 인연의 고리가 이어져 있음을 작은 가슴으로 어찌 가늠이나 했으리. 한두 송이 피어나던 꽃이 한 줄기 내린 봄비에 생기를 얻고 함성을 지르듯 일제히 피어나기 시작했다. 발그레하니 피어나서 하얗게 지는 꽃. 멀리서 바라보면 집은 어디로 가고 꽃구름이 내려앉은 꽃바다 같다. 오래오래 살고 싶어진다. 꽃이 많이 왔다는 것은 사과가 많을 것이라는 예고이다. 우리는 신바람이 나서 첫새벽에 일어나 두엄을 주고 잡초를 뽑는다. 고단한 줄도 모른다.

달빛이 창을 두드린다. 바이올린 선율도 같고 클라리넷 소리도 같은 저 소리, 홀린 듯 나가보니 과수원은 꽃향기가 아스라이 등천하고 있었다. 꽃잎 사이사이 겹겹으로 스며든 달빛 속에 서 있으면 착하게 살다 떠나는 영혼의 진혼곡을 듣는 듯싶어진다. 그것은 언젠가 본 도자기들이 마지막 불가마, 천 도의 고열 속에 자신을 스스로 달구는 아름다운 인종과 흡사했다.

꽃이 피어나기 고작 한 열흘, 꿈결 같은 며칠이 지나고 나면 꽃은 다시 새 생명의 잉태를 위하여 몸을 부순다. 하늬바람에 부서지고 쇄알쇄알 흔드는 큰바람에 갈가리 찢긴다. 그것은 위대한 부활의 진리이다.

꽃비가 설편처럼 흩날린다. 화사한 요정은 한恨도 눈물도 없이 꽃답게 무너져간다. 뜰에 쌓이는 꽃잎, 꽃잎. 포물선을 그리며 떨어지는 꽃잎, 어떤 것은 몸부림으로 뒤채다 풀 위에 눕는다.

해마다 이맘때면 몸살인지 맘살인지 한번씩 호되게 앓는 나는 올해도 예외는 아니었다. 너무 욕심내고 산 탓일 게다. 봄 채비에 서두른 과수원 일, 끝이 없는 아낙의 일, 속으로 앓는 글 쓰는 일, 세상사에 너무 많이 집착하고 덤벼든 탓일 게다.

약을 먹고 진득하니 누워 취한을 해야 빨리 낫는 줄 알지만, 지는 꽃들이 나를 놓아주지 않는다. 내가 태어나기 전에 살았던 어머니의 자궁처럼 그렇게 안온하고 고요로운 서재에 온종일 꽃비가 내린다. 오한이 드는 얼굴을 찬 유리창에 비빈다. 연연한 꽃이 파리에 나를 아로새긴다. 백 년 천 년 살 것처럼 좁은 가슴 터지게 안고 싶었던 세상사, 저 꽃잎보다 더한 것이 무엇인가.

“인간의 삶에 있어서 시간은 점이고 실체는 유동流動하는 것”이라고 한 로마의 황제 마르쿠스 아우렐리우스의 말이 오늘 따라 나를 적시는 까닭은 무엇인가. 뒤늦게 회오리치는 인생의 무상을 몸살을 앓으며 깨닫는 나는 철없는 여인, 이제 초록비가 그치고 나면 한동안 이 창문은 열리지 않을 것이다. 씨앗을 심고 가꾸고 김매고 성숙을 향해 고단한 나날을 살아야 한다. 열매를 키우고 익히는 사과나무처럼.

내 인생의 봄은 영문 모를 때 지나가버렸고, 여름 또한 성숙의 문을 닫으려 하고 있다. 나는 조바심치며 아직은 여름이고 싶어 채찍질한다. 어느 날 사랑으로 부서진 꽃잎이 크고 실한 과일로 무르익어 부활하듯 나 또한 사랑으로 부서져 메마른 가슴에 한 줄기 희망으로 피어나기를, 그것이 나의 진혼곡이었으면 얼마나 좋으랴.

고독한 날갯짓

삐르릉 삐르릉 새벽의 전령이다. 먼동 트기가 무섭게 뒷산 숲에서 잠을 잔 멧새들이 날아와 노래를 한다. 숨어서 바라보니 어쩌면 저리도 가벼운 몸짓인가. 조막만한 잿빛 새는 편편한 가지는 제쳐놓고 동곳한 가지 끝에 떨어질 듯 앉아서 꽁지를 까불어대며 무언가 궁리하는 눈치다.

먹이를 찾는 걸까, 아니면 친구를 부르는 걸까, 설마 하니 저렇게 높은 가지에 둥지를 틀려고 그러는 것은 아니겠지. 들깨알보다 더 작은 눈에 무엇이 보이는지 가지 껍데기를 쪼아대고 부리를 비벼 씻기도 한다. 새들이 저토록 평화로운 것은 자기 것을 고집하지 않기 때문일 게다. 인간들처럼 창고에 쌓아두려는 욕심이 없어설 게다.

돼지밥을 주러 가다가 깜짝 놀랐다. 언제 날아와 있었는지 발치에서 새 한 마리가 푸드덕 날아갔다. 나를 보고 놀란 모양이다.

내가 총을 든 것도 아니고 청산가리를 놓으러 가는 것도 아닌데 새는 놀라서 돼지우리 지붕 위로 날아올랐다. 그 바람에 우리 밭에 날아와 나부대던 새 떼들이 풍구질한 등겨처럼 날아 솟았다. 어떤 새는 내처 뒷산까지, 하늘 꼭대기로 날아올랐다. 양동이를 든 채로 바라보니 그것은 신비의 율동이다.

얼마쯤 새들이 날아올라간 하늘을 바라보고 있으니 무한한 창공에 한 점 새의 의식이 텔레파시로 내게 온다. 영원과 통하고 말 것 같은 자유. 소멸과도 일직선일 것 같은 찰나. 항상 날고 싶어하는 내 의식은 그래서 유달리 새들을 관찰하고 그 자유로움에 매료되는 모양이다.

역마살 탓인가, 늘 떠나고 싶어하는 나의 몸살은……. 설거지를 하다가도 밭을 매다가도 내향內向하는 삶의 안개숲. 그때마다 햇살로 떠오르는 한 구절이 있다.

“생명은 양量이 아니라 질質이며, 보호가 아닌 자유이고, 의지를 향해 나아가는 것.”

그 무렵 인천에 사는 수필가 K여사가 십자매 몇 쌍을 선물로 가져왔다. 외딴 터에서 갇힌 짐승처럼 무양무양하게 지내는 내가 안타까워 보였던지 그는 먼 길에 새장까지 마련하여 주었다.

두 식구에서 단번에 열 식구로 불어난 것이다. 굵은 철사를 촘촘하게 엮어맨 정사각형 새장 안에 둥지가 하나 도롱벌레집처럼 매달려 있고 가늠대 옆 창살에는 물통과 모이통이 각각 얹혀 있다.

새들이 이사를 오고부터 새소리를 들어달라고 조르는 통에 그이가 번거로워진 것을 빼고는 나의 일과는 훨씬 생기로워졌다. 베란다 위에 새장을 걸어놓았다. 새벽 먼동과 함께 깨어나 둥지에서 나와 빼이빼이 울기도 하고 어떤 것은 쭈루룩 쭈르르릉 마치 첼로의 현이 울리는 것같이 운다고 한다. 날짐승들도 밤의 어두움이 싫은 모양이다. 산마을이어서 해는 더디게 동산에 오른다.

잠을 털고 텃밭에서 배춧잎을 뜯어 넣어주고 모이통 물통을 가셔 내고 새것을 담아주는 일, 그때마다 조그만 창살문을 들어올려야 하는데 새들은 틈만 있으면 날아가려 기를 쓰는 통에 여간 조심스러운 게 아니다. 십자매들이 이사 온 후로 뜰 앞 사과나무에는 더 많은 멧새들이 깃들었다. 이제 불긋불긋 사과는 익어가기 시작했다.

아침을 짓다가 슬며시 내다보니 새장의 십자매나 나뭇가지에 앉은 멧새들이 서로 어울려 저희들 언어로 화답和答하는 모습이 재미있어 보인다. 아마 십자매는 바다를 모르는 충청도 멧새에게 인천항 화물선의 고동소리를 들려주려는지 파도 같은 날갯짓으로 고동소리를 불어댄다. 그러다가 멧새들이 약속이라도 한 듯 한꺼번에 가지를 박차고 비상할라치면 새장 안 십자매들은 더 요란한 날갯짓으로 푸드득거렸다.

그날은 비가 내렸다. 비가 내리는 날은 사방이 차분히 가라앉고 먼 데 기적소리까지 마음속으로 젖어든다. 나는 또 우두커니 뜰에 섰다. 나뭇잎새들도 조용히 귀를 열고 빗소리를 듣고 섰는 시각, 기차는 다음 정거장을 향해 뚜우우웅 떠나고 있다. 훨훨 날아가 차에 오르고 싶은 목마름.

무심코 내려다본 새장 안에 새들이 조용했다. 새의 깃털이 민감해서 비가 올 것을 미리 안다던가. 새들은 나래를 접고 깊은 사념에 젖었는지 가늠대에 나란히 앉아 있다. 나는 새장 문을 열었다. 새 한 마리가 갸우뚱 내다보더니 얼씨구 좋다 하는 듯 포르릉 날아갔다. 또 한 마리, 다시 두 마리, 이렇게 여덟 마리 새 중 여섯 마리가 날아갔다. 날아라 힘껏, 더 높이 더 멀리 가고 싶은 곳으로 가라. 개운했다.

어머니는 늘 새가 되고 싶다고 하셨다. 딸만 낳은 칠거지악의 부덕으로 하여 인종忍從의 인두로 스스로를 지지며 육십 평생을 그늘 속에 갖히셨다. 나도 죽으면 어머니처럼 쌀쟁반에 미미한 발자국 남겨놓고 영원으로 날아가버린 새가 될까, 그리하여 처형보다 더 아픈 이승의 속박에서 풀려나 날갯죽지 아프도록 날아볼거나, 죽음보다 더 무서운 절망의 벽을 향하여 부서지며 찢기며 도전해볼거나.

비상하는 새의 자유, 자유.

저녁나절이 되었다. 비는 그쳤다. 빗물에 씻긴 산과 들이 산뜻해졌다. 저녁 찬거리를 마련하러 채마밭에 나가다가 빨랫줄에 앉은 새들을 만났다. 멧새려니 했다. 가까이 가도 도망가지 않고 앉아 있는 새들은 비를 맞고 날개 처져 돌아온 십자매들이었다.

'쯧쯧, 새들은 넓디넓은 하늘이 무서웠을 거야. 무한정한 자유 앞에 그만 겁이 난 거야, 길들지 않은 날갯짓도 힘겨웠을 테고, 그토록 갈망한 자유가 얼마나 두렵고 고독한 것인가를 알았을 거야.' 한 마리씩 움켜 담는 나의 가슴으로 고장난 역마살을 보듯 처절한 비애가 넘실거렸다.

나의 아픔은 한 마리의 가시나무새가 되기 위한 몸부림이다. 가장 깊고 날카로운 가시를 찾아 스스로 자기 몸을 찔러 죽어가며 그 고통을 초월하여 신비하고 아름다운 최상의 노래와 목숨을 맞바꾼다는…….

그리하여 나의 영원이 시작되는 날 혼불을 지펴낸 내 노래가 외로운 영혼의 위안이 되고 목숨의 참 의미가 되기 위해 더 높이 더 멀리 날아가는 고독한 날갯짓을 멈추지 않을 것이다.

해체의 현장에서

산책길 들머리에 아담한 집 한 채가 들어선 것은 작년 봄이다. 요즘 시골에는 귀촌현상이 두드러져 어느 분이 집을 새로 짓고 귀촌한 모양이다. 하얀 색 스틸하우스는 시골에서는 보기 흔하지 않아서 더 시선을 끌었다. 남쪽으로 낸 창은 햇빛이 가득 들 것이고 미색 커튼이 드리워진 실내에는 달빛도 기웃댈 것이다. 백여 평 텃밭에는 갖가지 채소를 구색 맞춰 심어놓고 연초록빛 철망 울타리에는 장미가 고왔다. 아침마다 갓 따온 채소로 풍성할 식탁을 상상하고 그들이 누리는 행복이 전염되어 바라보기만 해도 즐거웠다.

집은 그리 크지 않고 뜰이 넉넉해 한 폭의 그림을 보는 듯하다. 자연히 이 집 앞길로 걷기 운동하는 행인들은 무슨 구경거리가 생긴 듯 오고가며 목을 빼서 바라보고 거기 어떤 사람이 사는지도 궁금해했다. 매일 지나다니면서 보아도 사람이 드나드는 것 같지가 않았다. 하기는 새벽운동이니 그 시각에 사람이 드나들 리는 없고 호기심만 무성하게 장미꽃 울타리를 더듬었다.

그런 어느 날, 그 집 현관 오른쪽에 깃대 하나가 세워졌다. 그 깃대 첫 자리에는 태극기가, 아래로는 차례로 흰 기와 빨간 색 기가 나란히 꽂혀 있다. 사람들이 그렇게 궁금하던 양옥집은 무속인의 집이었던 것이다. 깃대가 꽂히면서부터 집 앞에는 많은 승용차가 멈춰 있기 일쑤다. 지나가는 사람 말로는 신을 받은 지 얼마 안 된 새내기 무당이라 영험이 많아서 손님이 줄을 잇는다는 것이다.

그쪽에 과문한 탓에 남의 말을 들으며 호기심은 도수를 높여갔다. 새내기라면 젊을 텐데 어찌하다가 무속인이 되었는지, 신기가 내리면 피할 수 없는 운명이 되어 굿을 해서 신을 내려받고 꼼짝없이 무속인의 길을 가야 한다는 것이다. 마음 같아서는 손님으로 가장하고 직접 그 집을 방문하고 싶은 생각이 굴뚝같았지만 명색이 가톨릭 신자이니 그럴 수는 없었다.

세상이 복잡해서일까. 그 집은 문전성시를 이루었다. 굿을 해서 병이 나았다는 사람과 무녀가 시키는 대로 했더니 아들이 원하는 대학을 갔다느니 그 집을 둘러싼 얘기가 운동 길에 안주가 되었다. 이런 뒷말에 상관없이 울타리에는 올해도 장미가 흠벅지게 폈다가 졌다.

며칠 전의 일이다. 날씨가 너무 더워서 다른 날과 달리 좀 이른 시간에 운동을 나갔다. 안개가 자옥해서 시계가 희미했다. 산책길을 한 바퀴 돌아서 그 집 앞에 섰다. 집이 온데간데없다. 안개 탓이려니 싶어 좀 더 가까이 다가섰다. 정말 없다. 무속인이 요술을 부려 내 시야를 혼동시키는 것이 아닌가 싶어 얼른 성호를 그었다. 눈을 씻고 다시 보았다.

어머! 그곳에는 아름답던 스틸하우스는 간 데 없고 녹슨 컨테이너박스 세 개만 패잔병 몰골로 서 있는 것이 아닌가. 나는 꿈을 꾸는가 싶었다. 휘날리던 깃발도 햇빛 충만하던 거실 창도 자취를 감추었다. 밤 사이 누가 집을 반짝 들어가고 대신 그 자리에 컨테이너 박스를 가져다놓은 것이 아닌가 싶었다. 여기저기 패널 몇 장이 하다만 이야기인 양 널브러져 있을 뿐.

그것은 하나의 충격이었다. 아름다운 양옥집을 받치고 있던 컨테이너박스 안에서는 신당을 차리고 영험한 신을 업은 무당이 제왕처럼 군림해 사람들의 운명을 좌지우지했을 것이다. 사람들은 지폐를 바치며 절하고 춤추며 강신을 경험했을 것이다. 그 찬란했던 시간은 어제 뒤에 숨어버렸다. 나는 어수선한 집 앞에서 석연치 않은 의문을 안고 서성이고 있었다.

그리고 오늘 비 내리는 저녁, 무슨 미련이 남아서 또 그 집 앞에 섰다. 양옥집이 있었다는 증언을 하던 컨테이너박스 세 채가 몽땅 사라졌다. 도깨비 방망이가 또 한번 춤을 추었나. 첫날 같은 충격은 아니어도 놀라움은 여전했다. 거기에는 문짝이 떨어져나간 장롱 두 개가 누워 있고 서 있다. 울긋불긋한 천 조각들과 살림 집기들이 폭격 당한 잔해처럼 비에 젖는다.

돌아서는 발걸음이 무겁다. 이 나이 저물도록 세상의 단면만 보고 살아온 탓일 것이다. 놀랄 일도 아니고 엄청난 사건도 아니다. 그럼에도 다스려지지 않는 내 안에 일렁이는 허망의 정체는 무엇인가.

스틸하우스가 해체의 순간 감추었던 내용물이 낱낱이 드러나듯이 내 안에도 녹슨 그 무엇이 들어 앉아 있는 것은 아닌지, 사람들은 그 흉물스러움을 감추기 위해 교양이라는 옷으로, 지혜라는 너울을 쓰고 사는 것은 아닌지, 속이 개운치 않아 외장에 신경써서 한세상 풍미하는 것은 아닌지.

나도 그 중에 한 사람이라 수필이라는 깃대를 꽂고 수필 무당이 되어 가르칩네 공부합네 사람들을 모으고 한세상 휘젓고 있는 것은 아닌지……. 겉과 속이 같아야 진정 아름답다는 것을 말과 글로 무당이 주문 외듯 외웠지만 내 인생이 해체되는 순간에 드러날 몰골은 어떨 것인지 자신이 없어서다.

양옥집의 주인은 또 어디로 가서 깃대를 꽂고 컨테이너박스 같은 흉물은 스틸로 외장하고 오늘도 성업을 하겠지만 내 안의 의문은 무성해지고 있다.

유월

한해도 반 고비에 들어섰다. 정월부터 오월까지 파종하는 시기라면 유월은 결실을 시작하는 일 년의 후반기에 해당한다.

올 유월은 왠지 나에게 새롭게 다가온다. 조금 높은 지대인 농막에서 내려다보면 초록, 초록의 향연이 안정감 있게 펼쳐진다. 봄의 새순이 나풀거리며 하늘에서 내려오듯 신선하고 환희롭다면, 유월의 새순은 뿌리로부터 든든한 양분을 빨아올려 성장하려는 나무의 깃발이다. 호들갑스럽지 않고 산만하지 않다. 바로 앞 과수원에는 열매솎기가 끝난 사과나무에 새순이 일제히 올라와서 초록바다가 된다. 새순은 곧게 올라온다. 아래 논에는 지금 세 포기씩 심은 볏묘가 새끼치기에 바쁘다. 거기서 내뿜는 초록빛은 바로 생명이고 밥줄이다.

이 나이에 잃었던 유월을 다시 찾는다. 열두 살 나이로 치른 6·25전쟁 이후, 나의 목가적인 유월은 실종되었다. 유월은 포탄이 날아오고 사람이 죽어가고 배고픔과 공포에 떨던 기억으로 채색되어 초록빛 찬란한 본연의 계절을 잃어버렸다.

그런데 수십 년이 흐른 이제 아픈 기억은 잘려나가고 감각으로는 유년에 보았던 그 유월이 들어와 있다. 농막 창으로 채색되는 고추밭 이랑이 한 폭의 동양화다. 유연한 곡선으로 이랑을 타서 심은 푸르게 자라나는 고추와 이랑과 이랑 사이에 내비치는 흙빛의 조화가 구도며 채색이 미적 정점을 이룬다.

며칠 전 미타사 선다원에 들렀을 때였다. 팽주인 우담보살이 보이차를 우려 찻잔에 따르고 있을 때 한 이웃이 산나물을 뜯으러 가자고 했다. 우담보살은 지금은 멧돼지가 새끼를 쳐서 더 사나워지므로 위험하다고 했다. 그렇다. 유월은 만물의 어미들이 부지런하게 새끼를 쳐서 종족을 번성시키는 산달이다.

농부들이 이른 봄부터 밭 갈고 씨 뿌려 모종해 기르는 작물들이 제자리에 착근을 하느라 몸살을 하다가 비로소 안정하고 성장을 하는 때다. 하늘에서 장마라는 우기를 두어 작물에 충분히 물을 대준다. 그 바람에 농부들은 굽은 등을 펴고 편히 쉬며 애호박을 따다가 밀전을 부쳐 일하느라 소원한 이웃과 막걸리잔을 기울이며 정을 나눈다.

하지가 들어 있는 유월은 반 고흐의 〈감자 먹는 사람들〉 그림이 다가온다. 그 풍경은 우리에게 익숙한 소재다. 햇감자는 하지가 지나야 제대로 여문다. 또 하지 전후해서 장마가 들기에 시골에서는 그때가 감자와 마늘의 수확 적기다.

감자를 캐서 헛간 바닥에 펴놓으면 엄마는 잔챙이부터 먹으라고 성화를 댔다. 그때는 흰 감자는 드물고 자주감자여서 큰 물박에 담아다가 몽당순갈로 껍질을 벗기는데 시간이 많이 걸렸다. 어머니는 어린 것이 답답했던지 옹기 자배기에 감자를 쏟아서 보리쌀을 으깨듯이 으깨어 껍질을 벗기셨다.

유월은 텃밭에 첫 오이를 따는 때고, 마디마디 매단 마디 호박을 한꺼번에 열 개도 넘게 따는 시기이고, 방아다리 고추가 주렁주렁 입맛을 돋우는 때다. 비 오는 날이면 텃밭에 상추를 따다가 흐르는 물에 씻어 잘박한 된장찌개 넣고 보리밥 한 양푼 비벼 소담스레 퍼먹는 축복의 계절이다.

가을에 심어 첫 수확을 하는 겨울을 난 밀이며 보리, 마늘을 수확하는 시기이다. 여인의 자궁 안에 새 생명이 자라듯 유월은 살아 있는 것들이 제자리에 안착하며 안으로 성숙하는 축복의 계절이다. 꽃모종도 콩모종도 들깨모종도 유월까지 낸다. 이 시기가 지나면 모든 심어진 것들은 더 이상 옮기지 않고 제자리에서 성장한다. 그래선가 인도에는 동안거 하안거와 함께 우안거雨安居가 있다고 한다. 비를 맞으며 활발하게 돋아나는 초목의 생명활동을 훼방놓을지 모른다는 이유에서 가만히 한곳에 머물러 수행하라는 것이다.

유월의 초록빛을 선명하게 받쳐주는 것은 망초꽃 무리다. 산

밑 묵정밭에 무리지어 피어나는 망초꽃의 흰 빛은 초록을 껴안은 어머니의 치맛자락 같다. 푸근하다. 거기 몸을 던져 낮잠 한번 실컷 자고 싶다. 나는 지난 육십여 년간 망초꽃을 6·25전쟁에 죽어간 장병들의 혼령들이 꽃이 되어 피어났다고 생각했다. 망초꽃을 볼 때면 무심하지 못했고 아팠다.

이제는 그런 강박관념에서 벗어나서 무심히 망초꽃을 본다. 망초꽃은 평화롭다. 해질녘이면 그 꽃은 더욱 아스라해져서 천지에 활력으로 넘치는 계절의 분망을 고요히 받쳐주고 있다.

사람을 생각한다. 사람의 유월은 어디쯤일까. 팔십을 산다면 사십이 반 고비일 터. 내 인생의 유월은 이미 오래 전에 지나갔지만 다시 찾은 유월을 만끽하며 나도 올해는 조용히 우안거에 들어가볼 참이다.

제3장

열쇠 없는 집

루노 이야기
열쇠 없는 집
유리방의 고독
몸으로 우는 사과나무
홀로, 함께
가슴으로 오는 소리
외롭게 한 죄
다시 고요
겨울 포장마차
남자의 성城
노모의 독서법
기차 칸을 세며
같은 온도
뿌리의 봄
달빛과 목신木神 이야기

루노 이야기

작가원作家苑 뜰 아래채에는 토종닭과 오리, 멍멍이가 산다. 방목하지 않고 기르는 가축들은 주인의 손길에 길들여져 사람이 들여다보아도 놀라지 않는다. 그곳 한편 독방에서 혼자 살고 있는 토끼는 화려한 밍크이불에 누워 호사를 하고 있다. 채광이 좋고 흙벽과 철망으로 특별하게 지은 축사는 주인의 관심사를 대변해 주는 것 같다.

그날은 우리 문인들이 원로 소설가 J선생이 운영하는 작가원에서 월례회를 하는 날이었다. 일만오천여 평의 임야에 온갖 나무를 심고 풀꽃을 가꾸며 글을 쓰시는 J선생 내외는 서울에서 교직생활을 접고 이곳으로 내려와서 작가들을 위해 창작실을 마련하여 뜻있는 일을 하고 있다.

토끼는 태어난 지 얼마 되지 않는지 젖내가 날 것 같다. 잿빛 털에 등줄기로 누런 털이 점점 찍힌 것이 일반 토끼와는 다르나 가만히 엎드려 있는 것이 공연히 안쓰럽다. 이왕에 기르려면 자웅을 구해 기르지 산중에서 혼자라서 적적하겠다. 나는 왜 작고 힘없는 생명 앞에서 흔들리는가. 이것도 병이라면 병일 것이다. 그때 누군가 철망에 매달려 있는 표찰을 가리켰다. 표찰에는

동물 종류 : 노루/ 원산지 : 한국/ 생년월일 : 2002년 6월
출생지 : 충북 음성군 한 벌리/ 이름 : 루노/ 성질 : 온순

이렇게 적혀 있다. 그제서야 호사를 하고 있는 동물이 토끼가 아니라 노루라는 것을 알았다. 재미있는 것은 노루라는 단어를 뒤집어 "루노"라고 이름을 지어준 J선생의 소설가다운 재치다.

며칠 전 밭에서 혼자 있는 루노를 보았다고 한다. 새끼를 낳고 어미가 어디로 갔는지 보이지 않고 날은 저물어갔다. 아직 걸음도 서툰 어린 것을 산에 두었다가 무슨 변을 당할지 몰라서 안고 왔으나 당장 젖이 걱정이었다. 부랴부랴 젖병을 사오고 우유를 덥혀 끌어안고 먹이면서 그날부터 사모님이 루노 엄마 노릇을 했다는 것이다.

루노가 나를 바라본다. 모든 어린것들의 눈이 그렇듯 그지없이 순해 보인다. 더 오래 보고 있으면 '엄마한테 데려다줘' 하며 그렁하게 눈물이 고일 것 같아 먼 산마루로 고개를 돌렸다.

노루는 초목이 우거져서 숨을 곳이 많은 10월경까지는 산 중턱

아래에서 살고 겨울이 되면 점차 높은 곳으로 올라간다. 그러다가 눈이 쌓이면 먹이 때문에 다시 낮은 곳으로 내려온다. 사월이면 암컷은 새끼를 낳기 위하여 높은 산으로 올라가서 오월 단오를 전후로 하여 새끼를 낳는다. 필경 루노 엄마도 지난 단오쯤 루노를 낳았을 것이다. 새끼를 낳고 무슨 변괴를 당한 것인지, 아니면 어디 물 먹으러 간 사이에 일어난 일인지 알 길 없으나 새끼 때문에 애간장이 타고 있을 것이다.

새끼는 태어난 지 한 시간 후면 걸어다닐 수 있고 2,3일이 지나면 사람이 뛰는 힘으로 도저히 따를 수 없다. 루노의 경우는 태어난 후 두세 시간 만에 어미와 헤어지게 된 것이 아니었을까 짐작해본다.

아까부터 줄곧 저를 바라보고 있는 늙수그레한 여자가 해코지를 할 것 같지 않았는지 엎드려 있던 몸을 세운다. 그리고 보니 꽁지는 시늉만 있고 다리가 껑충하다. 앞다리보다 뒷다리가 더 길어 보인다. 저 다리로 산비알도 비호같이 오를 것이다.

다시 루노를 바라본다. 어디서 무슨 소리가 들리는가 타원형 귀가 방싯이 선다. 어떤 시인은 루노가 자라면 정성껏 돌보아준 J 선생 내외 뒤를 따라다니며 양부모 곁에 계속 살지도 모른다고 한다. 그러나 나는 루노를 생존의 위협이 있는 산으로 돌려보내는 것이 사랑일까, 안전하게 돌봐주며 함께 사는 것이 사랑일까 헷갈리고 있다. 계속 길들일 경우 루노는 천성인 야성을 포기하느라 죽음에 버금가는 진통을 치를지도 모른다. 아니면 적응해서 애완용으로 자라준다면 그때는 이미 노루가 아닐 것이다.

칡잎을 놓아주었으나 입에 대지 않고 또 가만히 쳐다본다. 마음 같아서는 루노를 품에 안고 저 산날망으로 달려가고 싶다.

위 글을 써서 『부싯돌』에 발표를 하고 두 철이 지났다. 며칠 전 J선생을 만났는데 또 루노의 안부를 물었다. 어떤 날은 사모님 안부는 빼놓고 루노 안부만 묻다가 스스로 미안해하기도 했다.

J선생은 씩씩한 경상도 사투리로 “이제 쿠마 산으로 보내삐립심더” 하는 것이 아닌가. 나는 내심 안도의 기쁨을 감추며 그간의 이야기를 들었다.

여름 동안은 탈 없이 풀도 잘 먹고 무럭무럭 자랐다. 푸르렀던 산빛이 해쓱해지고 산으로부터 불어오는 바람결이 스산해지자 루노는 산을 바라보고 앞발로 철망을 긁어대며 이상한 몸짓을 하기 시작했다. 마치 산에서 누가 손짓이라도 하는 듯 풀도 먹지 않고 안절부절못했다. 그대로 두었다가는 안 될 것 같았다.

길들일 수 없는 야성이 안타까워 어느 날 문을 열어주자 쏜살같이 뒷산으로 내달렸다는 것이다. 이야기를 마친 J선생의 얼굴에 후련해뵈는 미소가 퍼졌다. 우리가 그것을 모르고 살 뿐이지 사람이나 동물이나 저 있을 자리에 있다는 것은 특별한 축복이 아닐까 싶다.

열쇠 없는 집

사람이 일생 동안 집을 몇 채나 갖고 사는가를 생각할 때가 있다. 사람에 따라서 많고 적을 수도 있고 평생 동안 단 한 채도 가지지 않는 사람도 있을 것이다. 그런 사람들에게 죄송하게도 우리는 아파트에 살면서 농장에 딸린 농막 한 채를 덤으로 가지고 산다.

아파트에서 승용차로 이십여 분 거리에 있는 농막은 산날망에 거미집처럼 붙어 있어 집이랄 것도 없으나 눈비를 피할 수 있고 소박하게 사는 데는 지장이 없다. 또한 지대가 높아서 아담한 읍내가 한눈에 들어오고 공기가 맑아 처음 오는 사람들은 별장 같다고 하나 거미집 같은 별장이 있다는 소리를 들어보지 못했으니 듣기 좋으라고 하는 말일 게다.

봄부터 가을까지는 자질구레한 농사일로 매일이다시피 드나들지만 수확이 끝나고 새봄이 오기까지 농막은 빈집이다. 예외가 있다면 가끔씩 아파트가 답답하거나 눈이라도 내릴 때면 소풍 삼아

다녀올 때도 있지만 그나마 큰 눈에는 통행이 어렵다.

오래 전에 농막에 밤손님이 든 일이 있다. 손님은 성격이 괄했던 모양이다. 집도 아닌 것 같은 오두막을 철통같이 잠가놓은 것이 화가 났던지 앞 베란다 유리문을 박살냈다. 그 참혹한 광경을 목격했을 때 다리가 후들거리고 귀한 자식이 폭행당한 것 같은 아픔이 있었다. 그 뒤로는 문을 잠그지 않고 지내는데 가끔 누군가가 다녀가는 눈치다.

어떤 날은 라면을 끓여 먹은 흔적이 있고 어떤 날은 흙발로 마루를 걸어다닌 자국이 어지러울 때도 있다. 손님이 탐낼 만큼 귀한 살림집기는 없어도 주인의 입장에서는 남의 집에 허락도 없이 드나드는 사람이 마뜩찮을 수도 있다.

작년 겨울의 일이다. 동장군이 한바탕 활개를 친 뒤 궁금해서 올라갔다. 누가 또 다녀갔다. 이번 손님은 먼저 다녀간 손님과는 달랐다. 우선 그는 주방에서만 머문 듯 마루는 청소해놓은 대로 깨끗했고 종이컵에 담배꽁초만 수북했다. 참이슬표 소주 두 병이 비워진 채로 있고 그 밖의 음식을 해먹은 흔적은 없었다. 하긴 음식을 해먹으려 해도 수돗물을 빼놓아 속수무책이었을 것이다. 변한 것이라면 장롱에 걸어두었던 오리털 점퍼와 겨울 코트가 없어졌다.

가끔씩 이런 일을 겪으며 궁금해지는 것이 있다. 누가 오죽하면 이 산골짜기를 찾아들었을까. 마을에서도 동산을 넘어야 올 수 있는 집이고 허술하기가 짝이 없다. 무엇을 구하는 사람이라면 구미가 당기지 않을 정도인데다가 뒷산을 타고 왔다면 이곳의 지리를 전혀 모르는 사람의 우발적인 행위라고밖에 이해가 되지 않는 것이다. 그렇다면 일부러 맘먹고 들렀다는 결론에 이르는데 왜, 무엇 때문에? 라는 의문이 꼬리를 물었다.

눈보라 치는 겨울밤 그는 황량한 적막을 헤치며 왜 여기로 왔을까. 불 꺼진 집, 사람의 체온이라고는 전혀 없는 집에서 무슨 생각을 했을까. 무엇이 그리도 가슴에 치밀어 담배를 피웠을까, 그러고도 모자라 안주 없는 깡소주를 목구멍으로 넘기며 무엇을 체념하고 무엇을 얻었을까.

수사기관을 피해다니는 남자? 아니면 사,오십대 실직가장? 육, 칠십대의 남자라면 북풍이 살을 에는 날씨에 예까지 올라올 기력도 패기도 없을 것이다. 그렇다면 자식들 교육비에 휘청거리는 사, 오십대의 "젖은 가랑잎" 같은 남자가 어느 날 지구 밖으로 튕겨져 나가고 싶어 예까지 온 것일까. 쓸데없는 상상을 하다가 나는 싱겁게도 이름도 얼굴도 모르는 그에게 편지 한 통을 쓰기 시작했다.

'누추한 집을 찾아주셨군요. 고요한 산천에서 하룻밤 단잠이 들었다면 감사합니다. 제왕이라 할지라도 고대광실에서 잠 못 들어한다면 제왕 자리가 무슨 소용이 있겠어요. 나는 낮에는 땀 흘리며 고달프게 일하고 저녁이 오면 사슴처럼 단잠에 빠져

드는 농사꾼입니다. 손님, 무엇이 그대를 이 골짜기를 찾게 했는지는 모르나 혹시 저지른 실수 때문에 괴로워하시는지요. 실수 한번 했다고 불행해하지 마세요. 누구나 실수는 하잖아요. 그 실수 때문에 숨어살아야 한다면 당신의 미래가 너무 아깝지 않아요? 실직? 실연? 내 맘대로 상상해봅니다.

그대는 내 집에 온 손님일진대 아무것도 대접하지 못해 미안합니다. 건넌방에 가면 쉼멜표 피아노가 있습니다. 사십 년 전에 멈춰버린 시간의 단절 속에 이제는 녹슬고 낡아 소리가 제대로 나지 않습니다. 그러나 손님, 부탁컨대 무슨 노래든지 한 곡만 쳐보시기를 권합니다.

나는 가끔 세상일이 꼬이고 힘이 들 때면 이 피아노 앞에 앉아 천천히 몇 곡을 칩니다. 엊그제는 〈즐거운 나의 집〉을 쳤습니다. 피아노 소리가 처져 제 음향이 아니었으나 조율하지 않은 피아노 소리는 그대로 또 다른 여운이 있습니다.

손님, 그대의 삶도 지금 조율이 되지 않아 힘겨운 것은 아닌지요. 만약 여름에 다시 올 수 있다면 새벽 밭으로 나가보세요. 그리고 밭골에 앉아 고개 숙여 자라는 푸른 생명들을 바라보세요. 도전하며 성장하는 곡식들이, 서로서로 어깨를 비비며 자라는 풀꽃들이 분명 당신에게 무슨 말을 속삭여줄 것입니다.

그리고 아침 해가 동산에 떠오르거든 책장 안쪽에 넣어둔 잘 익은 포도주로 새 출발을 위하여 축배를 드세요. 손님, 땀 흘린

만치 돌려주는 자연의 선물을 한아름 받고 씩씩한 발걸음으로 내려가세요. 모쪼록 내가 없을 때 조용히 다녀가세요. 다시는 이 집에 오실 일이 없으면 좋겠습니다.

나는 이 편지를 주방 식탁 위에 붙여놓았다. 그리고 라면과 물을 넉넉하게 준비해놓고 내려오다 뒤돌아보니 열쇠 없는 꺼벙한 집이 한없이 자유스러워 보였다.

유리방의 고독

시골집에 유리방 한 칸을 마련하였다. 유리방이래야 손바닥만 한 베란다에 알루미늄 새시를 한 것이 고작이나 투명한 유리를 통해서 열리는 공간은 사색의 방으로 손색이 없다. 온종일 햇볕이 든다. 그래선지 식구들이나 가끔 오시는 손님들도 여기 앉기를 좋아한다. 나는 새벽이면 이 방에서 조간신문을 펴든다. 그것은 잉크 냄새 풍기는 인쇄물이 아니라 신선한 공기의 흐름으로 느껴지는 자연의 소식이다. 오늘 아침 뉴스는 아기새의 첫 비상이다.

유리방에서 내다보면 세상은 아름답다. 지금 뜰에는 도종환 시인으로 해서 진가를 발휘한 접시꽃이 정념을 내뿜고 있다. 있는 대로 가슴 열어 사랑을 받아 안고 한순간 후회 없이 떨어져버리는 꽃의 생애가 여인의 삶 같아 상념을 일으킨다. 질 때 깨끗한 꽃이 진정 아름다운 꽃이라던가.

유리방에서 보는 삶은 아름답다. 이슬에 젖어가며 논에 비료를 주는 농부의 모습이 목가적이라면 외다리로 서서 고개를 숙인 백로의 모습은 시적이다. 분주하게 오가는 먼 데 도로의 차들이나 돌산의 돌 깨는 소리도 생의 찬가처럼 들린다. 어떤 날은 하루의 대부분을 여기서 보내기도 하는데 밀폐된 공간도 아니면서 묘한 고독감에 사로잡힐 때가 있다.

서울 집에서 이곳으로 올 때도 유리방에 앉아서 왔다. 나뿐만 아니라 많은 사람들이 아파트라는 유리방에서 잠을 자고 자동차라는 유리방 차로 출근을 해서 빌딩이라는 거대한 유리방에 갇혀 버린다. 때로는 커피숍이라는 유리방에서 친구를 기다리고 차를 마시기도 한다.

유리방은 춥거나 덥거나 외부의 기온에 상관없이 쾌적한 온도를 유지해주고 외부로부터 완벽하게 보호해준다. 그래서 사람들은 아파트라는 유리방에 스스로 감금되기를 소망하는지도 모른다. 눈발 날리는 도시의 구석에서 손을 불어가며 밤을 굽고 있는 군밤장수의 시린 등과, 목숨을 내걸고 땅속에 들어가 탄을 캐는 광부의 생존을 유리방에서 어찌 가늠이나 하랴.

버스라는 유리방 차를 타고 가던 날이다. 붐비지도 않는 지방도로에서 충돌사고가 난 모양이었다. 화물트럭이 멎어 있는 옆에 오토바이가 쓰러져 있고 헬멧을 쓴 사람이 엎어져 있었다. 그 앞으로 차들은 쌩쌩 지나갔다. 사람이 생명을 잃을지도 모르는 상황을 눈으로 보면서도 그를 위해 손끝 하나 쓸 수 없는 방관자들, 거대한 것 앞에 무너지는 미세한 존재의 대비, 그것은 무서운 고독감이었다. 우리는 모두가 그런 세상에 유리, 방황하는 존재들일지도 모른다.

다시 뜰을 내려다본다. 접시꽃 시인에게는 애절한 사랑이 있고 목가적으로 보이는 농부에게는 힘겨운 현실이 있다. 먹이를 구해야 하는 백로의 몸짓과 떨어질 돌을 산정까지 밀어올려야 하는 오늘의 시지포스들, 보이지나 않으면 외롭기는 덜할까.

몸으로 우는 사과나무

처서가 지나면 건들마는 간단없이 지나간다. 이맘때쯤이면 나무들은 물 걷기를 시작하면서 조금씩 잎을 태워 동면을 준비한다.

아마 그때쯤이었나 보다. 그이는 밤마다 사과밭으로 나갔다. 할 일 없이 나무 사이를 오가기도 하고 몽유병자처럼 암흑 가운데 우뚝 서서 삼경三更을 보내기도 했다. 전국 어느 곳엘 가봐도 울타리 없는 과수원은 이곳 음성陰城밖에 없다던 과수원마을에, 올 가을부터 수령 십 년, 이십 년이 넘는 사과나무를 캐는 작업이 한창이다. 비싼 소독약 뿌리고 비싼 비료 주어 일 년 농사 지어봐야 생산비 건지기도 힘드니 공들여 키워온 나무를 베어버리는 그들의 심중은 알고도 남는다.

서리가 하얗게 내리던 밤이었다. 잠이 안 온다고 담배만 피우던 그이가 "임자 자나?" 잠결에 들려온 그의 목소리가 푹 가라앉아 있었다. "임자, 과수원하기도 힘들지? 몸도 약하고 소독약 중독

돼 얼굴 붓고." 혼자 중얼거리는 그이의 저의를 직감할 수 있었다. "그냥 둬요. 이십 년이나 길렀어요. 자식 기르듯이." 그이는 망연히 담배 연기만 날리고 있더니 "이렇게 가다가는 자식놈 둘 대학 공부도 못 마쳐." 한마디 내 뱉고는 휑하니 밖으로 나갔다. 다른 공산품은 원자재값이다, 가공료다 하고 가격 현실화를 했건만, 농산품은 마치 맹물 먹고 자라는 콩나물로 아는지 제자리걸음이다.

농민은 고독하다. 혈기 있고 교육받은 젊은이는 도시로 빠져나가고 남은 것은 텅 빈 집과 노인과 부녀자뿐이다. 어디 살기 힘든 곳이 농촌뿐이랴. 하지만 국민 전체의 식생활을 담당하고 있는 농촌이기 때문에 그 심각성은 농촌에 한한 것만이 아닌 국민 전체의 것이 아닐까.

스무하루 그믐 달빛이 창으로 비쳐든다. 서울에서 공직에 있던 그이가 과수원이 좋다고 고향으로 내려온 지도 사반세기가 흘렀다. 삼십대 초반의 장년이 이제 이순의 황혼길에 서서 어느덧 자신도 한 그루의 사과나무로 변신되어 있는 것을 발견한 순간, 한치도 숨 돌릴 수 없는 급박한 현실에 밤마다 몸으로 우는 그의 아픔을 나는 안다.

그이가 좋아한 이상으로 나도 사과나무를 좋아했다. 가지마다 화사한 요정을 달고 서 있는 봄나무가 좋고 짙푸른 생명력으로 주어진 생生을 열성껏 살고 있는 여름나무도 좋지만, 인고忍苦의 결실로 탐스러운 열매를 주렁주렁 달고 서 있는 가을나무는 충만한 은혜로움으로 우리의 영혼을 살찌게 해 더욱 좋다.

그러나 더더욱 좋은 것은 모두를 돌려보내고 살을 가르는 동천冬天에 빈손으로 서서 묵묵히 사색하는 겨울나무는 나의 스승이요 벗이요 연인이었다. 검지만한 묘목을 심은 게 엊그제 같은데 두 팔 안에 뿌듯이 안겨오는 나무의 몸매, 그 안에 우리의 생활이 연륜으로 무늬져 있다.

방문을 열고 뜰에 내려서니 달빛이 시리도록 천지가 적요하다. 그이는 온 데 간 데 없고 어디선지 부엉이 울음소리만 간헐적으로 들린다. 한기寒氣에 팔짱을 끼고 큰 밭으로 주춤주춤 가보니 사과나무 둥치를 껴안고 울고 있는 그이. "으흐흐 으흐흐" 나무를 껴안다 두드리다 얼굴을 비비며 흐느끼는 그이, 나무 뒤에 숨어서서 하늘을 바라보니 잎 지는 가을밤 그 스산함이여.

천지가 백설로 뒤덮인 겨울에도 그이는 사과나무 가지치기 작업이 가장 행복한 시간이라 했다. 침묵 속에 더욱 가까이 들리는 신의 음성을 들으며 찰그락 찰그락 순을 치다보면 어느새 가슴으론 시냇물이 돌돌 흐르고 꽃망울 트는 소리가 귓가에 와 맴돈다고 했다. 깊게 잠든 삼라만상을 바람이 두드려 깨우는 삼월이 오면 우리는 사과나무 등피를 긁어주는 작업에 바빴다. 월동한 병충알, 때 묻은 표피를 긁어주다보면 짐스러운 체면, 탐욕의 인간사도 가끔은 사과나무처럼 말끔히 긁어내 태워버리고 싶어진다.

보숭보숭한 솜털을 두르고 겨울을 나는 꽃눈의 지혜 놀랍고 다

투어 꽃 피고 잎 피는 그 순리順理 얼마나 기묘한가? 흰 듯 발그레한 연연한 꽃 이파리, 봉오리마다 은은히 피어오르는 순백의 향연, 눈물인 듯 감격인 듯 달밤을 휘두르며 퍼내는 향내, 그 향기에 질식사해도 후회 없겠다던 봄밤, 우리는 이 과수원을 가꾸며 창조주의 크신 사랑을 터득했으며 흙손 속에 짚이는 정직한 땀의 응답을 겸허하게 받아들이게 되었다.

정다산 선생께서는 일찍이 농사가 다른 일보다 못한 이유를 대우가 선비들만 못하고 이익이 상업만 못하고 편안하기가 공업만 못하다고 실토하셨다. 그러나 우직한 믿음과 속임수 모르는 순수한 삶이 그 어느 인생보다 값지고 보람 있다고 자부해왔다. 사과나무를 대하는 그이의 눈빛은 자손을 대하는 어진 아비의 그것이었다. 어떤 나무에는 부란병의 고질이 있어 해마다 수술하고 응애가 붙어 가려워하는 나뭇잎, 배가 고파 허기진 가지, 갈증에 허덕이며 타는 입술, 탄저가 도려내는 사과의 신음소리까지도 알아내어 치료해주는 열렬한 사이로 살아왔다.

"모두가 고향을 버리고 떠나더라도 우리는 여기서 살다가 여기에 묻힙시다." 나무 밑 잡초를 뽑아주다가 무심히 던진 그 한마디가 내 깊은 심령의 골짜기까지 울려온다. "감기 들어요, 들어가요." 그이는 흠칫 놀라며 소매 깃으로 눈물을 닦았다. "내일부터 사과나무를 캐야겠어. 그런 줄 알어." 퉁명스럽게 내뱉고는 방으로 들어갔다.

달빛이 비껴 내린 알몸의 사과나무도 하얀 눈물을 뜨겁게 뜨겁게 쏟고 있었다.

홀로, 함께

남녘 어느 시골 마을에서 홀로 사는 농촌 어르신들이 한 지붕 아래 공동생활을 즐겁게 하고 있다는 기사를 보았다. 전에는 큰 제목만 눈으로 훑었을 기사를 꼼꼼하게 읽었다.

칠,팔십대에 든 그분들은 한 마을에서 지아비를 먼저 보내고 홀로 사는 노인들이라 했다. 자녀들이 있지만 객지에 살아 마음뿐이지 모실 사정이 여의치 않다. 이런 노인들이 겨울이면 경로당에서 모여 점심을 같이 해먹으며 지냈는데, 팔십 세의 노인이 앓아눕자 거처를 옮겨와 함께 지내며 간병하고 위로를 했다. 이런 일을 거치면서 동병상련 독거노인 여섯 분이 한 지붕 아래서 동고동락하게 된 것이다.

이즘 들어 또래가 모이면 더 늙어서 어떻게 살 거냐는 푸념 같은 걱정이 심심찮게 오간다. 동질의 아픔을 나누며 벌써 이렇게 되었나 하는 허무감이 들기도 한다. 내외가 생존한 사람들은 말벗이 있으니 홀로 사는 이들의 적막강산 같은 심정을 다 알 리가 없다. 그러나 홀로 된다는 건 누구에게나 예견된 상황이니 큰소리칠 일도 아니다.

쉽게는 경제력만 있으면 실버타운으로 들어가 사는 것이 이상적인 노후라고 말들 한다. 하지만 설사 최고의 시설을 자랑하는 곳이라 해도 서로 다른 환경에서 살던 사람들이 큰 공동체에 들어가 사는 실버타운이 꼭 노인들의 지상천국은 아니라고 주장하는 사람들도 있다. 경제력이 있는 노인들이 모인 곳이면 천차만별의 개성에 그 나름의 알력이 있다는 것이다. 그런가 하면 요즘 지방에서도 쉽게 들어갈 수 있는 노인요양원은 어떤가. 그런 곳은 거의 환자들이어서 기력이 있는 노인들은 적응하기가 어렵다고 한다.

늙어서 어떻게 사는 것이 가장 현명할까. 일본 작가 소노 아야코는 혼자서 즐기는 습관을 기르라고 했다. 남에게 의지하지 말고 기대도 하지 말고 스스로 처리 불가능한 일은 포기하라고 말이다.

우리 내외는 가끔 그 문제로 머리를 맞대고 의논을 한다. 남편의 이야기는 진지하다. 만약에 자기가 먼저 세상을 떠나거든 절대 자식들과 합쳐 살지 말라고 한다. 자식들에게 부담을 주는 것일 뿐만 아니라 본인도 자유롭지 못하리라는 게 이유다.

실버타운에 들어가 사는 일도 여의치 않을 것 같다. 공동생활에 익숙하지 않은 내가 단체로 일어나고 자고 밥 먹고 행동할 일은 생각만으로도 아득하다. 죽을 때까지 책 읽고 글 쓰고 싶은 나는 홀로의 자유를 보장받고 싶은 것이 솔직한 소망이다. 누군가는 말한다. 능력이 될 때까지 혼자 살다가 더 이상 안 되겠다 싶으면 노인병원에 가는 길밖에 없지 않느냐고. 지금으로서는 나 역시 그 방법 외에 뾰족한 수가 없는 것 같다.

통계에 의하면 이미 우리나라의 독거노인은 100만 명이 훨씬 넘었다고 한다. 국내 65세 이상 노인 다섯 중 둘 이상이 독거노인이고, 2020년에는 150만 명까지 급증하리라는 조사다. 내가 그 중에 하나일 것이라는 사실이 예사롭지가 않다.

나는 기회가 있을 때마다 각 읍면 단위로 독립된 공간에 자유가 허락되는 노인시설이 들어서야 한다고 말해왔다. 지방자치단체에서 그런 노인시설을 운영한다면, 입소하는 사람들이 서로 낯설지 않고 공동의 추억을 가지고 대화를 하니 외로움을 덜 탈 것이다. 또 가족들이 가까이 있어 운영에도 도움이 되지 않겠는가. 입소한 노인들이 형님, 아우로 살며 친동기간 같은 정을 나눌 수 있지 않을까해서다.

어느 동요 작가는 이북에서 남하해 혈혈단신 살다가 말년에 노인들의 천국이라는 요양원에 들어갔다. 그분은 입소할 때 40kg이던 몸무게가 25kg이 되어 돌아가셨다. 그분이 형벌처럼 고통스러워한 것은 한방을 쓰는 노인이 밤에 불을 켜지 못하게 해서 책을 볼 수도, 글을 쓸 수도 없는 점이라고 했다.

가끔 사람이 살지 않는 황야에 홀로 선 듯한 느낌이 들 때가 있다. 전에는 없던 증세다. 내 이야기를 듣고 있던 한 문우는 그 순간이 바로 절대고독이라고 했다. 하여 사람은 혼자 왔다가 혼자 가는 존재라고 했는지 모르겠으나 그런 순간은 아뜩하다. 곁에서 누가 어떤 말을 해도 귀담아 들어지지 않는다. 이제는 그 절대고독에 길들여져야 할 때가 온 것 같다.

그래도 꿈꿀 수 있는 것은 홀로, 함께 살 수 있는 방법이다. 마음 맞는 사람 몇이 큰 집을 구입해서 각자의 방에서 살며 식사와 가사는 도우미의 도움을 받으며 채마밭을 가꾸고 정원을 산책하는 등 각자의 취미생활을 즐기면서 사는 것이다. 홀로의 자유를 누리면서 함께 사는 공동체, 거기서 더 바란다면 성당 가까이 있어 성사생활을 할 수 있다면 노후 밑그림이 허술하지는 않을 것이다. 그마저도 욕심이라면 내일 일은 내일에 맡겨두고 허락받은 오늘을 감사하며 기쁘게 사는 일이지 싶다.

신문에 난 노인들을 다시 본다. 이제 밤중에 아프면 어쩌나 하는 걱정이 없고 따뜻한 방에서 정을 나누며 고독과 질병으로부터 보호되고 경제난도 해결되니 시골 노인들이 일구어낸 좋은 발상이다. 그래 그런지 파랗게 올라오는 마늘밭을 매고 있는 노인들의 얼굴이 천진하고 밝기만 하다.

가슴으로 오는 소리

내 가슴에는 항상 바다 속 같은 적막이 고여 있다. 풀잎이 흔들리면 바람이 거기 있는 줄 알고, 미루나무 꼭대기 까치의 꽁지깃이 나풀거리면 그제야 환청幻聽 같은 "깍깍" 울음소리가 가슴에 와 닿는다.

언제인가 내게도 똑딱거리는 시계의 초침소리가 있었다. 절묘한 슈만의 트로이메라이, 바이올린의 섬세한 음절도 있었다. 장티푸스의 41도 고열이 온통 삼켜버렸을 때 나의 귀는 청력을 잃고 있었다. 현대의학의 혜택으로 다행히도 생명은 건졌지만 내게 오는 모든 소리를 되돌려주어야 했다.

그 후 이십여 년이 흐르는 동안에 청력은 뭉턱뭉턱 잘려나갔다. 답답했다. 상대편의 입 모양으로 대충은 알아들었지만 처음 만나는 사람의 이야기나 전화는 더욱 못 들었다. 또 이상스러운 것은 고음상실증이었다. 아이들 목소리, 금속성, 여자들의 가늘고 높은 소리는 감감하고 귓전은 늘 찬바람이 지나간 것처럼 허허했다. 그래서 무조건 사람을 피하는 버릇이 생겼다. 소외된 인간의 철저한 고독을 씹으며 본의 아닌 자폐증自閉症 환자가 되어갈 즈음이다. 고열로 스트렙토마이신을 먹은 게 부작용으로 청신경이 마비되어 재생불능이라는 진단을 받았다.

청력을 되찾으려고 전국의 유명하다는 이비인후과를 찾아다니던 일요일의 방황도 절망이었다. 겁먹은 아이처럼 눈은 커지고 귀가 못 듣는 대신 눈의 직관력이 발달해갔다. 응시하는 눈빛이 지글지글 타올랐다. 방안에 누워 있어도 빗소리가 귀로 들리는 것이 아니라 후득후득 가슴으로 묻어왔다. 그 무렵 포장도 되지 않은 시골 신작로에서 곧잘 수모를 당했다. 소심증에 매여 조심스럽게 길을 걷노라면 소리 없이 미끄러져 와 옆에 선 운전기사의 쇳소리가 등덜미를 잡는다.

"저리 비켜, 머저리 여편네야." 분명 좌측통행을 했으면서도 미안하고 부끄러워 쩔쩔매었다.

교직에 있을 때 강습장에서의 일이다. 왕왕거리는 질 나쁜 확성기는 뇌신경을 무차별 사격해왔다. 보청기의 볼륨을 높여도 리시버를 아무리 바로잡아도 강의는 소음 속으로 빠져나갔다. 그때 갑자기 강단 위의 강사가 총을 겨누듯 내게로 손가락질을 했다.

"당신은 뭐요? 지금 무슨 시간인데 그따위 장난을 하고 있소? 라디오 이리 갖고 오시오."

수강생 300명, 600개의 시선이 내게로 집중된 순간 소돔과 고모라의 소금기둥이 된 롯의 아내처럼 뻣뻣이 얼어붙었다. 그러나 잠시 후 나는 웃었다. 멋쩍고 미안하고 부끄러운 그 애매한 귀머거리의 미소를 지을 수밖에 없었다. 그러면서 속으로 '내 탓이 아닙니다. 누구의 탓도 아닙니다. 제발 비오니 질시만은 마십시오'라고 애원을 했다. 그분들께 영혼의 귀가 뚫려 있다면 이 처절한 절규가 들렸으리라.

그날 밤 처음으로 죽음을 생각했다. 지금까지 모든 음향이 차단된 참으로 답답한 상태에서도 생을 부인하지 않았다. 절벽같이 완전히 차단된 세계에서 참담한 자아투쟁에 눈떴을 때, 모두가 나를 외면하고 돌아선 썰물 자리에 오도카니 혼자 섰을 때도 생의 이켠에서 원고지 위에 내일을 촘촘히 짜고 있었다. 그러나 이번만은 그게 아니었다.

방문을 안에서 잠가버린 깊은 밤 나는 흰 종이에 사직서 두 통을 썼다. 하나는 직장에 대한 사직서요, 또 하나는 부끄러운 내 인생에 대한 사직서였다. 내게 오는 수모, 질시疾視, 나 스스로 느끼는 불편은 모두 참아낼 수 있다고 생각했는데 한계를 느꼈다. 내게 아름다운 영혼이 있다는 그 재산만으로 나는 살 충분한 이유가 있다고 자부해왔으나 가족에게, 이웃에게, 나아가서는 사회에 짐이 되고 있다는 사실이 더 견딜 수 없게 했다. 어디에도 쓸모없는 잉여인간, 멍청한 귀머거리, 나는 그때 슬픔을 어둠에 타마시고 밤새도록 피아노를 두드렸다. 축제였다. 내 생명의 마지막 향연이었다. 높은 음부터 차례로 죽어가는 하얀 키를 난타하며 신의 계획이 바로 이것이냐고 항의했다.

빨간 포도주에 쏟아부은 수면제 40알. '하느님, 저는 이제 죽습니다. 살고 싶어요. 뜨겁게. 열렬히. 이것은 자살이 아니고 순명입니다.' 천천히 유리잔을 집어들었다.

그때였다. 눈앞에 반짝 섬광이 비쳤다. 칠흑 같은 어둠 속에 스쳐간 환한 빛, 나는 보았다. 나는 볼 수 있었다. 이윽고 소나기가 유리창을 두드렸다. 억세게 퍼부었다. 유리창을 열고 커튼을 젖히며 밖으로 뛰어나갔다. 억센 빗줄기를 맞으며 나는 서 있었다. 서서히 어둠이 걷히며 비가 그쳤다.

어둠을 몰아버린 동녘 하늘에 뻗쳐오르는 새로운 태양, 나는 그 자리에 꿇어앉았다. 내게는 빛이 남아 있다. 아직도 성한 두 눈과 두 손, 두 발, 그리고 병들지 않은 싱싱한 마음, 이것만도 내게는 과분하다는 생각이 자성自省의 빗발로 씻어내렸다.

'하나의 문이 닫히면 또 다른 문이 열린다'는 것은 절망이란 없다는 이야기다. 나는 들리지 않는 불행보다 볼 수 있는 희망을 선택키로 한 것이다. 이 세상에는 건강한 불구가 얼마나 많은가. 비록 육체는 한구석 일그러졌다 해도 그 역경 속에 꽃피운 산 역사, 헬렌 켈러나 베토벤. 그들이 인류에게 끼친 업적이 얼마나 지대한가.

항상 보청기의 리시버를 꽂고 다니다보면 우리 안의 원숭이를 구경하듯이 오며가며 꽂히는 시선이 역겨울 때가 많다. 그러는 사이 내게 이상한 변화가 왔다. 누가 빤히 쳐다보면 나도 쳐다본다. 눈이 마주치는 순간 무작정 웃어준다. 쳐다봐주는 친절에 보답하기 위해……. 처음에는 오기가 발동한 상태였지만 반복하다보니 오기는 어디로 가고 따뜻한 마음이 싹트기 시작했다. 또 이상스러운 것은 가시처럼 와 박혔던 시선이 가시가 아닌 염려의 시선임을 차츰 감지하게 되었다. 이상한 일이다. 세상에는 오해도 많다지만 나는 모두를 오해하고 살아온 것이다. 귀만 막힌 것이 아니고 마음의 창문까지 닫아버렸던 것이다.

이웃이 나를 필요로 하는 한, 사회가 나를 아끼고 있는 한, 남을 도울 한 가닥 사랑이 남아 있는 한 나는 기쁘게 살 수 있을 것이라는 희망이 싹튼 것이다. 내 진한 목숨의 색깔로 지워지지 않는 무늬를 새겨 버림받은 이, 가난한 이웃에게 큰 사랑의 빛을 주고 싶다. 배고픈 이는 배고픈 이가 받아안고, 우는 이는 우는 이가 달래주기 때문이다.

담록의 과수원에 은빛 파도가 일렁이는 달밤이다. 이런 밤이면 빛의 속삭임을 듣고 싶다. 음악을 듣고 싶다. 가슴으로 듣고 싶다.

외롭게 한 죄

오늘로 어머니 가신 지 일주일이다. 땅거미 내리는 시각, 식탁에 수저를 세 벌 놓고 "진지 드세요" 하다가 멍하니 선다. 어머니의 부재를 실감하는 순간 가슴으로 스산한 바람이 인다.

96년 동안 깔끔하고 따뜻하게 사신 분이다. 임종 전날까지 혼자서 화장실을 가셨다. 장롱이며 서랍장이며 반듯하게 정리해놓고 가족과 친척들에게도 마지막 인사를 하셨다. 신부님을 청해서 병자성사까지 받고 하루하루 죽음을 준비하시는 눈치였다.

근년에 들면서 나는 새벽이면 제일 먼저 어머니의 문안을 받았다. 연세가 높아지면서 아기 상태로 되돌아가는지 나를 보고 엄마라 하고 새벽이든 밤중이든 방문을 열고 엄마가 있나 없나 확인하는 일이 일과였다.

작년 봄만 해도 농장에서 풀을 뽑는다고 호미를 들고 밭으로 갔다. 식사를 잘 하시니 기운이 나서 심심해서 그러려니 했다. 아래

밭에서 일하다 올라와보니 꽃밭의 풀꽃들을 다 뽑아버렸다. 엄마가 게을러빠져서 꽃밭을 풀더미로 만들어놓았다고 꾸중을 하셨다. '에미'라는 호칭이 '엄마'로 바뀐 것도 그 무렵이다. 그때서야 어머니에게도 치매가 왔다는 것을 알았다. 한밤중에 전깃불을 켜놓고 가버리고 책상 위에 원고 청탁서며 보다둔 책이 없어졌다. 꼭 미운 일곱 살 아이들이 장난치는 모습이었다.

이런 어머니와 날마다 아침이면 실랑이를 벌였다. 눈치는 빨라서 며느리가 양복을 입고 가방을 들고 나갈 때면 "언제 와?" 하며 배웅을 하고 작업복 차림이면 농장에 가는 줄 알고 따라간다고 앞장을 섰다. 그러면 우리 내외는 눈을 꿈적거리며 다른 핑계를 대고 몰래 빠져나갔다. 우리가 어렸을 적에 장에 가는 엄마를 따라가고 싶어 안달을 하던 그 모습이다. 농장에 가면 일 저지레가 이만저만이 아니어서 누구 하나는 어머니를 지켜야 하기 때문이다.

이때부터 형벌 같은 외로움이 어머니를 괴롭히지 않았을까 생각해본다. 노인정에 모셔다놓아야 꾸어다놓은 보릿자루 같으니 싫다 하고, 텅 빈 아파트에 혼자 남아서 아들 며느리가 돌아올 때를 눈이 빠지게 기다리셨을 것이다. 나는 어머니가 사람이 그리워서 나를 찾는 줄 알았다. 명절 때 손자들이 모여와서 집안이 북적거리는 날에도 내가 보이지 않으면 엄마 어디 갔느냐고 수도 없이 손자들에게 묻는다고 했다. 다른 사람이 아무리 많아도 당신에게는 오로지 며느리만 보였는지 모른다.

이런 어머니가 내게는 혹이었다. 칠십이 훨씬 넘은 아들과 칠십이 가까운 며느리가 노모에게 매달려서 불안 속에 살자니 속에서 불덩어리가 끓을 때가 왜 없겠는가. 참다못해서 지난 칠월에는 남편에게 부탁하고 러시아문학기행을 다녀왔다. 일주일을 보내고 현관에 들어섰을 때 거실에 놓인 텔레비전 수상기에 큼지막한 종이가 붙어 있었다. "에미는 소련에 갔어요. 더 찾지 마세요." 남편의 글씨다. 하루에도 수백 번 물어서 대답할 기운이 빠졌단다. 생각다 못해 이렇게 써서 붙여놓고 물으시면 손으로 가리키고, 읽어 보고 잊어버리고 또 물으시고…….

지금도 그때의 일을 생각하면 가슴이 아려온다. 날은 저물고 시장기는 도는데 엄마는 보이지 않고 얼마나 막막하였겠는가. 잘 모시나 못 모시나 함께 있어 드린다는 것만도 큰 효가 되는 것을 나는 미처 생각지 못했다. 이 세상에 아무도 없다 해도 엄마만 내 곁에 있다면 두려울 것이 없었던 어렸을 때 기억이 나면서 어머니의 존재를 다시 생각해보았다.

나이를 먹으면 다시 처음의 자리로 돌아간다. 말과 행동이 단순해지고 타인에 대한 배려가 없이 오로지 자신만 생각한다. 그러다가 그 자신마저도 잃어버려 우주의 미아가 되어 홀로 떠나간다. 어디로 가는 것일까. 오래 써서 남루해진 육신을 벗어놓고 떠나면 사람들은 그의 흔적을 지우느라 바쁘다. 물리적인 흔적은 차츰 없어지고 남는 것은 그 사람 행위에 대한 기억뿐이다.

그분은 삶의 굽이굽이에서 나눔의 사랑과 지혜를 일깨워주려고 하느님이 내게 보내주신 성모님이 아니었을까 싶다. 양말 두 켤레만 선물 받아도 한 켤레를 꼭 내게 주셨고 푸성귀 한 다발도 이웃과 나누던 분이다. 대소가의 아프고 서러운 일은 혼자서 삭이고 시골에서 상경하는 친인척들 침식 수발로 청춘을 보내셨다.

근 일세기를 살아낸 어머니는 아주 작아져서 주방으로 나올 때도 아기처럼 엉금엉금 기어나오고 임종하는 순간에도 내 손을 꼭 붙잡고 "엄마, 엄마" 불렀다. 도대체 어머니와 나는 전생에 어떤 인연이기에 이씨 문중에서 만나 젊어서는 온갖 사랑으로 품어주고 돌아가실 때는 당신이 아이가 되어서 내 품에서 임종을 하셨는지 알 수가 없다.

고부간이라는 인연이 어머니와 나 사이를 질기게 묶어주었지만 더 엄밀히 말하면 같은 여자라는 동질감이 사십여 년 세월을 연민하며 미워하며 또 사랑하며 이어오지 않았나 싶다. 그런데도 영영 떠나시고 난 후 헤어날 길 없는 죄책감은 어머니를 외롭게 한 죄다. 삶의 막다른 낭떠러지 앞에서 누군가 옆에 있어주기를 고대했을 어머니, 그 누군가가 있으면 죽음도 두렵지 않았을 어머니를 외롭게 한 죄, 내 어찌 다 용서받으랴.

다시 고요

'ㄹ' 발음이 부실한 어머니는 온종일 "누누야"를 입에 달고 산다. 식사를 하거나 간식을 드실 때도 목사리에 매어 있는 강아지를 힐끔거리다 보는 눈이 없으면 먹을 것을 슬그머니 던져준다. 그러면 질색하는 사람이 있다.

사람들은 우리 집을 절간 같다는 말로 표현한다. 한 달에 한번쯤 막내아들이 출장을 왔다가 들르는 날 외에는 빈집처럼 조용하다. 이제는 기력조차 굼뜨신 어머니는 올해 93세시다. 거의 집안에서 지내며 유일한 낙이라고는 베란다에 있는 화초에 물 주는 일과 텔레비전 보는 일이다. 조는 듯 눈감고 보는 채널은 정해진 것이 없다.

완고한 고요를 깨고 기척이 나기 시작한 것은 바로 루루라는 진돗개 강아지가 오고서부터다. 루루는 강아지지만 의젓한 구석이 있다. 다른 애완견들처럼 요사바사 재롱을 떠는 것이 아니고 수줍음 타는 처녀처럼 고개를 외로 꼬고 다가올 때면 저절로 팔을 벌려 안아주게 된다.

노르스름한 털빛에다가 갸름한 얼굴, 특징이라면 꼬리가 도르르 말려올라가고 발굽이 크고 두텁다. 아침에 베란다 문을 열고 나가면 길길이 뛰어오르며 오줌을 지리는데 반가움의 표현이 생리적으로 나타나는 모양이다. 내 다리를 끌어안고 이빨로 자근자근 씹기도 하고 제 키랑 같아지면 어김없이 입술을 더듬는다. 사람들이 애완견을 기르는 이유가 바로 이 무조건적인 사랑 표현 때문이 아닌가 싶다.

어쨌거나 루루가 우리 집에 오고부터 사람 사는 기척이 나는 것은 사실이다. 절간 같다는 집에 두런두런 주고받는 말소리가 난다든지 언성을 높여 야단치는 목소리가 유리창을 넘어갈 때도 있으니 하는 말이다.

어머니 다음으로 루루를 챙겨주는 사람은 바로 남편이다. 남편은 루루의 배설물을 치워주고 목욕을 시키며 하루 세 끼 밥을 준다. 가장 헌신적이다. 뿐만 아니라 농장으로 출근할 때면 가방처럼 생긴 개집에 루루를 들여보내고 차 트링크에 태워 동행한다.

처음 농장에 데리고 갔을 때는 목사리를 풀어주었다. 제 세상 만난 듯 넓은 농장에서 활개를 치다가 보이지 않아 소리쳐 불러보니 들은 척도 않고 쓰레기장을 헤집고 있었다. 진돗개 순종이고 족보까지 있다고 해서 점잖은 줄 알았더니 개의 본성은 어쩔 수 없었다.

그 후부터 다시 자유를 박탈당하고 목사리에 매인 신세가 되었는데 그래도 아파트 베란다보다는 열 배 낫지 싶다. 남편이 일을 할 때면 저는 댑싸리 그늘에서 늘어지게 자고 때 되면 사료를 먹으면 되는 것이다.

어느 날 남편은 혼자 점심을 먹으며 개밥 주는 것을 깜박 잊었다고 한다. 집에서 나는 달그락 소리를 들었는지 제 빈 밥그릇을 핥고 굴리며 더 요란하게 소리를 내서 식사를 하다 말고 사료부터 주었다고 한다.

날이 저물어도 꾸물거리고 있으면 집에 가자고 보채는 모양이 어린애를 보는 것 같다. 마지막 하는 일이 한 가지가 있다. 하루 종일 흙에 뒹굴었으니 발을 씻기는 일인데 이때 남편의 모습은 자기 자식의 발을 씻겨주는 표정이다. 먼저 대야에 물을 떠다놓고 수건을 무릎에 덮는다. 나보고는 루루의 몸통을 안고 있으라고 한다. 생각 같아서는 네 발을 모아 한꺼번에 물에 담갔다가 건지면 되는 것을 남편은 열나절 씻긴다.

우선 앞발을 물에 넣고 발가락 사이까지 닦는데 개가 가만히 있을 리 없다. 낑낑거리고 으르렁거리고 발광을 하면 "가만있어 루루. 착하지?" 하며 어르는 목소리가 그렇게 부드럽고 나긋할 수가 없다. 발을 씻기고 나면 수건으로 닦는데 또 열나절이다. 성미 급한 나는 빨리 집에 가서 저녁밥을 지어야 하기에 열통이 터진다.

"아 빨리 해욧. 그까짓 강아지를……." 그러면 남편은 루루를 보고 "샘이 나는기라" 한다.

땅거미 지는 저녁 루루와 함께 퇴근하는 남편의 얼굴은 좋은 사람과 데이트하고 오는 사람 표정이다. 저녁 식탁에서도 루루가 무엇을 어떻게 했다는 보고로 시간 가는 줄 모른다. 언제 저 양반이 저렇게 말을 많이 했던 적이 있었는가.

남편과 루루가 집에 있는 날에는 어머니의 말씀이 길어진다. 날마다 무료해서 짜증이 난다던 분이 '누누가 똥을 쌌다. 누누가 오줌을 쌌다. 누누가 화분에 올라서서 밖을 내다봤다' 등등 시시콜콜한 이야기를 이 방 저 방 다니며 바빠 죽겠다는 시늉으로 보고를 하는 것이다.

한 달쯤 지나자 키가 부쩍 컸고 개집에 넣어 들고 다니기도 버거워졌다. 힘에 부치는 것은 문제가 아니다. 짖는 일이 없었던 루루가 어느 날 아침부터 짖기를 시작한 것이다. 특히 아이들이 떠들썩하게 노는 때면 저도 한 몫 하려는지 앞발을 창턱에 터억 올려놓고 뒷발은 까치발까지 쳐서 얄궂은 목소리를 냈다. 저 놈이 필시 변성기라 그런가 보다고 아직은 안심을 했는데 일주일이 못가 우렁우렁 본 목소리로 짖어대는 것이 아닌가.

이웃들이 개가 왜 그렇게 빨리 크느냐고 묻는 것도 무리는 아니었다. 굶어죽지 않을 만큼 반 컵씩 주는 사료만 먹고서는 어림없는 일일 것이다. 어머니가 구멍구멍 챙겨 먹이는 것이 탈이다. 사실 나라고 루루가 크는 것이 싫은 것은 아니다. 저런 속도로 크다가는 앞으로 한 달을 버티기가 어렵다.

아파트에서 개를 기른다는 것은 규칙상 안 되는 것으로 알고 있다. 시도 때도 없이 짖어대는 개의 입을 막을 수도 없고 이웃들의 안면방해로 지탄을 듣는 일이 지당하다. 그런데도 속도 모르고 어머니는 과자며 과일이며 닭다리까지 선물공세를 펼치고 있다. 예상 밖으로 그날은 빨리 왔다. 관리실에 누가 신고를 했다는 것이다. 난감했다. 정이 든 루루를 어떻게 할 것인가.

루루가 떠나는 날 남편은 하루 종일 자기 방에서 나오지 않았다. 세 사람이 자기 방식대로 사랑했던 순간들, 우리는 그만큼 행복했고 즐거웠다.

연못물에 돌을 던지면 그 순간 퐁! 하고 물무늬가 지다가 다시 고요해지듯 우리 집도 평상시로 돌아왔다. 어머니는 예전대로 텔레비전 앞에서 조는 듯 앉아 있고 남편은 신문만 뒤적거리고 있다.

겨울 포장마차

저녁 회식을 끝내고 나왔을 때는 아직도 겨울비가 내리고 있었다. 우산을 펴들고 코트 깃을 올렸다. 어둠이 고여 있는 포도로 내려서며 "비 내리는 겨울밤엔 내 가슴은 우산이 되고……" 무심코 흥얼거리자 "눈 내리는 겨울날엔 내 가슴은 불이 되리라" 누가 받는다. 돌아다보니 함께 식사를 한 시메온이다. 일행들이 다 헤어진 줄 알았는데 몇 사람이 남아 있었던가. 겨울비치고는 빗발이 굵다. 이런 날엔 포장마차에 가서 딱 한잔만 더하자 해서 누가 먼저랄 것도 없이 공터에 차린 포장마차 비닐 문을 밀쳤다.

무쇠 연탄난로가 벌겋다. 선객들이 화덕 하나씩을 차지하고 소주잔을 기울이고 있다. 밖의 날씨와는 달리 실내공기가 훈훈하다. 비슷한 나이의 젊은이들이 삼삼오오 둘러앉아 라면을 후후 불어가며 먹고 똑같은 면장갑을 끼고 조개를 뒤적이기도 한다. 신문에서는 IMF가 끝났다고 큰소리치는데 장사가 더 안 되니 무슨 조화 속이냐고 침을 튀기는 옆자리에는 소주병 너덧 개가 뒹굴고 있다. 라면국물을 마시는 건너편 자리에서는 간간이 체불임금이 어떻고, 새 고추씨가 어떻고 운운하는 것으로 보아 공장에 다니고 농사를 짓는 또래의 친구들이 아닌가 싶다. 기업체가 일천오백여 개 들어와 있는 농공도시의 뒷모습이다.

우리의 화덕에도 번개탄에 불이 붙고 석쇠 위에 조개가 올려졌다. 촉수 낮은 불빛 때문인가 시야가 부옇다. 꼬막들은 이글거리는 불길에 못 이겨 치— 하고 벌어지고 작은 조개는 함빡 벌어지고 큰 조개는 뜸을 들이다가 못이기는 척 느긋이 벙그러졌다.

구제금융 난리 때도 그랬다. 큰 기업들이 꿈틀할 적에 작은 기업들은 무더기로 도산되었다. 일자리를 잃은 가장들이 거리를 헤매고 젊은 사장들이 목숨을 버렸다.

그럼에도 불구하고 비 내리는 날 포장마차에서는 술이 달다. 술뿐이 아니라 옆 손님이 토해내는 담배연기도 싫지가 않다. 살 만치 살았고 아플 만치 아파본 가슴이기 때문인가. 웬만한 고통은 은총이라 여겨지고 스스로 포기하지 않으면 하늘이 무너져도 솟아날 구멍이 있다는 것을 믿는다. 시끄러운 음악소리와 떠들썩한 이야기소리가 한데 얼러 자칫 우울한 겨울밤을 그득하게 채워준다.

긴 장화를 신고 화덕과 화덕 사이를 오가며 안주를 나르는 주인의 손이 파랗다. 더운 물이 없는 모양이다. 라면을 끓여주고 쭈꾸미를 데쳐주고 가끔은 조개 굽는 화덕에 와서 조갯살을 꺼내 양념

장에 넣어준다.

"장사가 잘 돼요?" 묻는 말에 날이나 궂어야 손님이 좀 든다는 주인을 자세히 보니 아직 학생 티가 난다. 어쩌면 긴 겨울방학 동안 다음 학기의 등록금을 벌기 위하여 허술한 포장마차를 차렸는지도 모른다. 왁자하게 떠들다가 어느 한순간 약속이라도 한 듯 조용해진다. 그 사이 음악이 끝났는가 빗소리만 고즈넉하다.

"술 드세요" 내가 여기저기 한눈을 팔고 있는 사이 술잔이 몇 순배 돌았나 보다. 눈길들이 순해졌다. 사실 오늘처럼 궂은 날 외출을 한 것은 우리의 작은 이웃이 음식점 개업을 했기 때문이다. 작년에도 개업을 했지만 장사가 되지를 않아 음식을 바꾸어서 다시 시작한 것이다. 열심히 살려는 의지가 좋아 축하해야 한다고 잘 되도록 기도의 축복을 해야 한다고 모였다.

우리는 이렇게 가끔씩 만나서 밥을 먹고 소주 한 잔 마시며 함께 있음을 확인한다. 감기가 들었다고, 누구의 마음이 아프다고 기별이 오면 만사 제쳐놓고 달려가서 김치찌개 한 냄비를 놓고도 화기애애한 정을 나눈다. 나이가 다르고 성별이 다르다. 하는 일들이 다르고 취미가 다르고 생각들이 다르다. 다만 하느님을 믿는 신앙이 축이 되어 여덟 개의 우산살이 펴져 문 밖의 비바람을 막아주는 것이다. 지금 우리가 살고 있는 사회는 배가 고파 죽기보다 고독해서 망가지는 사람들이 더 많다 하지 않는가.

시메온과 그의 아내 마리아, 데레사, 비비안나 그라시아, 요세

피나, 가브리엘 그리고 벨라뎃다. 고르지 않은 우산살일지라도 서로 의지해 튼튼하다. 비비안나는 과테말라에, 데레사는 로스앤젤레스에 생업을 갖고 있어 헤어져 있을 때가 더 많다. 그러나 어떤 세속적인 목적이 있어서 만난 것이 아닌 함께 있어서 좋고 편한 만남이라 차곡차곡 정의 낟가리가 쌓일 뿐이다.

선객 팀이 일어섰다. 다섯 명이 빠져나간 공간에는 냉기가 돈다. 햇빛을 가리려고 지붕에 쳐놓은 그물망 사이로 빗방울이 흘러내린다.

지난 가을부터 혈압이 곡예를 시작했다. 나이를 먹으면 그러한 증세가 온다고 하지만 혈관에도 마음에도 쓸데없는 욕망의 콜레스테롤이 쌓였기 때문일 것이다. 올해는 욕망의 그물에서 벗어나는 정화의 시간이 되었으면 한다.

고단한 삶을 호소하고 희망을 이야기하며 이 시대의 우수를 날려보내는 포장마차, 옹기종기 모여 앉은 정붙이들이 따습다.

오늘처럼 비바람 몰아치는 밤에는 표류하는 섬 같기도 하고 별빛 고운 밤에는 호젓한 풀섶 같기도 한 우산 속에서 우리는 홈 패인 레코드판처럼 '비 내리는 겨울밤엔 내 가슴은 우산이 되고 눈 내리는 겨울날엔 내 가슴은 불이 되리라'만 나직나직 되풀이하고 있다.

남자의 성城

그가 독립을 선언한 것은 십여 년 전이다. 그러니까 육십대 중반 어느 날 그는 식욕이 없고 세상 사는 재미가 없다고 줄담배를 태우며 한숨을 치쉬고 내쉬었다. 몸에 이상이 생기면 병원을 가는 것이 급선무임에도 아랑곳하지 않고 미간에 주름을 잡고 은근히 시위를 하려는 눈치다.

부부 사이는 무촌이라지만 돌아서면 남남이다. 그럼에도 여성들은 자신의 존재보다 남편을 더 크게 의식하며 맹종하거나 군림하면서 공존하기를 원한다. 왜냐하면 우리 세대들에게는 자식이 주는 밥은 서서 먹고 남편이 주는 밥은 앉아서 먹는다는 속설을 진실로 느끼기 때문이다.

이런 귀한 존재가 탈이 난 것이다. 원인이 무엇일까 여러 가지로 생각해보고 본인에게 타진해보았으나 단서를 찾을 길이 없고 이러다가 날벼락을 맞는 것이 아닌가 하는 걱정이 엄습해왔다. 대화를 하려 해도 응하지 않고 가끔씩 창밖을 하염없이 내다보는 모습이 영 개운치가 않은 것이다. 남자에게도 사추기가 있다더니 그도 갱년기를 맞은 것이 아닌가. 그렇다 해도 한솥밥 먹고 사는 사람에게 마음의 문을 닫아건 것은 너무하지 않나 싶었다.

때는 밤이 길어지는 늦가을, 거실에서 새벽 두 시까지 텔레비전을 보더니 안방 문을 열고 들어오는 기척이 났다. 조심스럽게 옆에 와 눕더니 또 한숨을 쉬었다. '이 양반이 누구를 말려죽일 참인가.' 이때다 싶어 불을 켜고 일어나 앉았다.

"당신 왜 그래요? 무슨 걱정이 있으면 말을 해봐요."

"……."

"무슨 일 저질렀어요?"

"어디 가고 싶어요?"

이어지는 질문 공세에 끄떡도 않더니 "그럼 당신 방 따로 내줄까요?"

세 번째 질문이 던져지는 순간 그의 눈에 불이 켜지는 동시에 "응" 하는 대답이 떨어졌다. 아뿔싸! 바로 그것이었다. 이렇게 해서 다음 날 서재로 쓰던 문간방의 서가와 책상을 안방으로 옮기고 방을 내주었다.

그는 바빠졌다. 현관을 들락거리고 전화를 수없이 하더니 오후부터 침대가 새로 들어오고 텔레비전이 도착했다. 신바람이 났다. 휘파람이라도 불고 싶은 기분이 역력한데 간신히 참는 눈치다. 밖에 일이 있어 외출했다 돌아오니 그는 입꼬리가 귀에 걸려서 자기 방으로 초대를 하는 것이었다. 책으로 그득했던 방은 새 주인을 만나 완전히 다른 모습으로 변모하였다.

싱글 침대가 벽 쪽에 놓여 있고 연둣빛 침대보가 덮여 여성스러움까지 연출했다. 침대 머리쪽 벽에는 왕년의 여배우 마를린 먼로의 반나체 사진이 벽걸이로 크게 걸려 있는 것이 아닌가. 아니 저 양반이 언제 여배우 사진까지 사다가 감춰놓고 있는 연출을 다 해가며 내숭을 떨었는가 생각하니 괘씸하기도 하고 재미도 났다. 텔레비전 수상기 위에는 그의 어렸을 적 사진이 앙증맞은 액자에 담겨 가지런히 놓여 있고 은은한 스탠드까지 밝혀 무드를 한껏 살렸다. 그 모양은 열여섯 소녀적에 내가 하던 짓과 다를 것이 없었다.

그날 밤 처음으로 혼자 누워보니 의외로 편안했다. 밤중에 불 켜고 책 보기도 좋고 음악을 듣는 일도 가능했다. 나야 그동안 서재에서 나 하고 싶은 일 다 하고 잠만 안방에서 잤을 뿐이지만 그가 불편했으리라는 생각은 추호도 하지 못하고 산 것이다.

이 일은 남성을 다시 보게 한 계기가 되었다. 그는 남자니까 감성도 무디고 살아가는 선도 굵어서 자디잔 일은 무신경하게 산다고 믿었다. 언제나 굳세고 넉넉해서 가족을 위해서 끊임없이 헌신하는 사람, 그래서 내가 기대고 투정부리고 나를 책임져 줄 사람, 그 이상도 그 이하도 아니었다.

그러나 그도 사람이었다. 자기만의 공간에서 자신이 하고 싶은 일을 하며 조용히 쉬고 싶어한 사람이었다. 생각을 되짚어가다보니 33평 공간에 그만을 위한 공간은 한 군데도 없었다.

가끔 뒤창으로 개똥벌레 불빛이 어린이놀이터를 날아다니는 것을 볼 때가 있다. 농장에서도 보지 못하는 개똥벌레가 아파트에 있다는 게 신기하다 했더니 집에서 추방당한 애연가들이 모여 흡연하는 모습이라고 했다. 옛날에 대주들은 사랑방이라는 공간에서 담뱃대로 놋화로 두드리며 큰기침으로 온갖 권위를 누리며 유아독존하지 않았는가. 그러고 보면 현대의 남성들은 권위의 추락만이 아니라 자신의 공간마저도 상실한 일벌레일 뿐이다.

그는 지금도 행복하다. 담배도 끊고 누구의 간섭도 없는 독방에서 밤새워 유선방송하고 놀고 커피 마시고 오디오로 음악을 듣고 얼음과자 먹으며 천방지축 즐겁다. 그러면서 오밤중에 어머니 방에 켜놓은 텔레비전과 전깃불 꺼드리는 것도 그요, 이불 차버리고 자는 잠버릇 고약한 아내를 위해 이불 덮어주고 발에 난 상처에 약을 발라주고 가는 것도 그다.

약할 때는 갈대보다 더 약하고 강할 때는 천하를 쥐고 흔드는 남자의 성城은 높고 넓어 고고하기도 하지만 고달프고 고독한 성城이기도 하다.

노모의 독서법

하루에 두서너 권씩 오는 책들을 제때에 뜯어보기도 쉽지 않다. 수필집이나 동인지, 계간지 등이 대부분인데 답장을 못하는 실례를 거듭하며 산다. 겉봉을 열어 읽다가 둔 책들이 곧잘 없어졌다. 누가 내 방에 드나드는 것도 아닌데 이상했다. 그러다가 잊을 만하면 책이 후줄근해진 채 책상 위에 얹히는 것이 어제오늘의 일이 아니다.

그날도 매원 선생이 보내주신 선우미디어 선집 『매원 수필』을 찾고 있었다. 남편과 아이들에게 물어봐도 모른다고 했다. 설마 하면서도 어머님께 여쭈어보았더니 당신 방에서 책을 내오시며 또 한번 읽으려고 두었다고 하셨다.

인생 삼십 년 선배인 시어머님은 학교 문턱에도 가보지 못했다. 일제 치하일 때 일본군 강제위안부에 보내지 않으려고 서둘러 혼인을 시켜 열아홉 살에 네 살 연하의 남편을 따라왔다. 마을에서 하는 야학당에서 한글을 깨치고 구구단을 배웠다. 새댁의 몸으로 남부끄러운 줄도 모르고 한겨울을 야학당에서 보내고 나니 한글을 더듬더듬 읽고 당신 말씀대로 삼팔이 이십사하고 구구단을 때렸다고 했다.

그런 분이 신문을 읽고 텔레비전도 연속극보다 다큐멘터리를 즐겨 보신다. 글 쓰는 며느리와 한집에 살면서부터 책 읽기에 재미를 붙이셨다. 수필집이거나 월간문학이거나 손에 잡으면 목차부터 시작해서 끝까지 차례대로 읽어가는 것이 어머님의 독서법이다.

어머님이 처음 읽으신 책이 1987년도쯤인가, 서정범 교수의 『사랑과 죽음의 마술사』였다. "참 재밌더라"를 연발하면서 내놓은 책은 겉장이 너덜거리고 침 발라가며 넘긴 흔적이 역력했다. 읽다가 접고 재미가 있어서 또 접어놓았다는 곳도 여러 군데였다. 책 한 권을 완전히 씹어서 잡수신 것이나 진배없는 형국이었다.

다음은 『성서』였다. 십여 년 전에 세례를 받으시고 신약성서를 권해드렸다. 서너 달이 지난 어느 날 아침, 식탁에서 "예수라는 사람 고생깨나 했더라" 책을 읽으신 제일성이었다. 그렇게 수십 권을 읽으신 반응은 다양했다. 재미있다, 구수하다, 배울 것이 많다, 싱겁다, 뭔 소리를 썼는지 모르겠다, 그것도 책이라고 썼냐 등이다. 어머님이 택한 책에 어머님 기준에 맞춘 단편적인 소감이나 어머님보다 뒤에 읽게 되는 나의 생각도 크게 차이가 나지 않는다.

작가에 대한 선입견이나 답장을 써야 하는 부담감 없이 읽어가는 노모의 책 읽기는 독서 수준을 따질 것이 아니라 한 사람의 독자로서 충실하고 정직한 의견일 수도 있겠다. 얼마 전에는 「오수땅 오수사람들」을 구수하고 정 붙는 글이라고 하고 그 먼저는 「모시적삼」이 배울 점이 많은 글이라고 두 번 읽으셨다.

어제는 교음사에서 낸 다섯 권으로 된 『조흔파 문학선집』을 받았다. 이 선집을 마련한 분은 작가의 부인이자 수필가이신 정명숙 교수이다. 다양한 소재에 다양한 지식과 비판과 해학이 넘쳐나는 선집을 우리 집 노모는 또 어떻게 읽으실지……. 지혜의 샘이신 어머님은 글 쓰는 나의 첫 번째 스승이시며 내 글의 애독자이시다.

기차 칸을 세며

노부부가 가만가만 풀을 뽑는다. 호미를 쥔 손등에 정맥이 내비쳐 쏟아지는 햇살에 푸르게 빛난다. 올 봄내 몸살감기를 달고 사는 남편은 기운이 달리는지 호미를 내려놓고 질펀하게 내려다 보이는 들녘에 눈길을 꽂는다.

그 들녘을 가르고 기차가 지나간다. 음성역에 정차하지 않고 그냥 지나가는 것을 보니 화물차인 모양이다. 꼬리가 길다. 디젤 기관차로 바뀌기 전에는 기차 소리가 칙칙폭폭으로 들렸었다. 언젠가부터 기차 소리는 털커덕털커덕 하다가 요즘은 뿌우웅 한다. 하루에도 여러 차례 기차가 지나가는 철길을 바라보며 일하는 이 언덕에서는 어려서와 마찬가지로 기차는 장난감이다.

무료해지면 노부부는 기차 칸을 센다. 하나, 둘…… 열하나…… 번번이 숫자를 놓친다. 기차 화물칸의 숫자 때문에 옥신각신할 때가 많다. 남편이 스무 칸 하면 나는 스물한 칸이라 우기고.

그런 실랑이 끝에 가까이 있는 전신주나 나무 하나를 기준으로 세우고 거기를 지나가는 차 칸을 세는 것이 정확하다는 것을 알았다. 하긴 그것도 노안으로는 어사무사하다. 때로는 한쪽 눈을 찡긋 감고 한 눈으로만 세기도 한다. 그럴 때는 서로의 표정 때문에 웃는다. 승자도 패자도 없는 기차 칸 세는 일에 저녁 외식으로 삼선해물짬뽕을 걸어놓으면 어려서 땅따먹기 할 때처럼 재미가 난다. 어차피 정답은 확인할 길도 없는 내기이지만…….

젊어서는 우리에게도 매달고 가야 하는 기차 칸이 여럿이었다. 지금 일하고 있는 밭은 장정 힘으로는 하루 새벽 일감도 되지 않는다. 사과나무 400주를 농사짓던 밭이 삼십 년 세월을 삼키면서 30여 주로 줄었다가 또 그나마 이제는 열 그루가 남았다. 골고루 유실수를 남겨놓고 힘에 부치는 것은 임대를 했다. 학교 운동장만 한 텃밭에 큰 농사라도 짓는 양 날마다 올라와서 자는 듯 노는 듯 풀을 뽑는다. 일의 진척이 없어 작은 밭인데도 이쪽 뽑고 나면 저쪽 풀이 자라고 서로 번차례로 시소를 태운다. 어떤 날은 기차 타고 여행한 이야기로 시간을 보내다 오기도 한다.

차량 스무 칸에 시멘트를 채우고도 이탈하지 않고 씩씩하게 달리는 기차처럼 사람들은 저마다의 삶의 차량을 달고 레일을 만들어 잘도 달린다. 목적지가 분명하고 하역할 역을 알아 임무를 완수한다. 그런데 나는 레일을 잘못 찾아 저 아래 세상에 살 때는 욕심도 많았고 그에 따르는 독선도 많아 평지풍파를 일으키기도 했다. 나 아니면 안 되는 줄 알고 거기 따르는 성취의 부가가치를 즐기기도 했다. 그런 내가 요즘은 성취보다도 더 큰 기쁨을 농장에서 느끼고 두렵던 사람들에게서 평화를 얻는다.

그 사이 매화가 피었다 졌고 배꽃이 핀다. 옆에 사과꽃도 발갛게 꽃망울을 내민다. 좀 더 있으면 밤꽃이 비릿한 냄새를 날리며 피어날 것이다. 그 다음으로는 죽은 척하고 있던 대추나무가 깡다구를 보이며 잎을 내밀 것이다.

올해 팔십 줄에 들어선 남편은 몸이 먼저 말하는지 자주 피곤해한다. 작년만 해도 강원도 여행을 두 번이나 운전했다. 이제는 한 시간 거리 문강 온천 나들이가 고작이다. 그럼에도 아이들 소꿉놀이 같은 농사 시늉을 여태껏 하는 것은 철따라 길들여졌던 농사꾼 체질이 남아서일 것이다. 양은 적어도 때맞춰 남들처럼 배와 사과나무 열매솎기를 하는 일도 즐겁고 봉지를 싸고 가을에 수확하는 재미를 잊지 못해서다.

생각해보면 모든 것이 고맙다. 여기 밭과 농막은 내가 첫 수필집 『몸으로 우는 사과나무』를 쓰게 했던 곳이어서 더 애착이 가고 고락을 함께한 남편에게도 부부 이상의 고마움을 느낀다. 1970년대 농산물값 폭락으로 사과나무를 베면서 붙들고 울던 곳도 여기다.

옷장을 열면 친구가 사준 옷들이 먼저 눈에 들어오고, 제자가 여행 중에 나를 기억하고 사다준 핸드백, 컵, 엽서 한 장, 사소한 기억 하나까지 모조리 떠오르는 날에는 그만 가슴이 벅차서 가만히 합장한다. 이만큼 세월의 언덕에서 돌아보니 친구로 후배로, 제자로, 이웃으로, 스승으로 이름을 달리하고 함께 해주었던 사람들이 바로 나의 분신이었음을 깨닫는다.

어떤 때는 사랑도 부담이라고 마음을 끓였었다. 받은 것보다 더 많이 갚지 못해 의기소침할 때도 있었다. 정도 욕심내 스스로 아파하기도 했다. 요즘은 고맙고 좋았던 기억만 살아난다. 함께 있어 정을 나눌 사람이 있어 고맙고 이미 세상을 떠나 갚을 수 없음은 사랑만 남아서 아프다.

어느 수도자가 '어떤 기도도 사랑만 못하다'고 했던 말이 점점 실감이 난다. 어느만큼 살고 나면 사람은 세상을 떠나게 마련이다. 아무리 좋은 작품을 남겼다 한들, 아무리 화려한 명예를 남겼다 한들, 사람들 가슴에 각인된 사랑의 기억에 비하랴.

이제 우리 인생의 기차 칸은 다 떨어져 나가 각기 제 기차만을 몰고 간다. 홀가분해서 좋다. 비록 기차 칸을 세는 일이 의미 없다 하더라도 무위자연을 누리며 조용히 늙어가는 이 몸도 아직 삶이라는 레일 위에 있으니 이 아니 고마운가.

같은 온도

예술적 온도가 맞는다는 이유로 활화산처럼 타오른 사람들이 있다. 평범한 사람들에게는 납득이 가지 않는 일이 예술가들에게는 종종 일어나는 것은 무모함일까, 열정일까, 뜨거운 사람들의 사랑이 매스컴에 오를 때면 생각해보는 숙제다.

지난 겨울 결혼 청첩장을 받았다. 성장한 신랑신부가 혼인 예식을 올리기 전에 찍은 웨딩 사진 몇 컷을 청첩장에 넣는 일이 다반사다. 그러나 이 청첩장에는 예비 신랑신부의 사진 대신 선으로만 그려진 인형 같은 두 컷의 인물이 있고 "우리 같은 온도를 지녔군요"라는 초대 문안이 특별했다.

같은 온도라는 문안과 함께 떠오른 것은 내가 젊어서 열광했던 비틀스와 어떤 행위 예술가의 사랑이다. 비틀즈의 멤버 존 레논은 자기보다 일곱 살 연상인 일본 출생의 행위예술가 오노 요코를 만나는 순간, 다른 모든 만남의 의미를 상실했다고 한다. 레논이 쓴

프로필을 보면 '1940년 10월 9일 출생/ 1966년 오노 요코를 만남.' 단 두 줄로 요약된다. 이것으로 그의 생애에서 차지하는 오노 요코의 비중을 알 만하다.

> "비틀즈를 시작할 때부터 내 주변에 예쁜 여자들은 얼마든지 널려 있었다. 하지만 그들 중 나와 예술적 온도가 맞는 여자들은 없었다. 나는 늘 예술가 여성을 만나 사랑에 빠지는 것을 꿈꾸어왔다. 나와 예술적 상승을 공유할 수 있는 여자 말이다. 요코가 바로 그런 여자다."
>
> —존 레논

여기서 어필해온 것은 같은 온도와 서로의 상승이라는 단어였다. 같은 온도라 하면 같은 취향, 같은 생각, 말하자면 같은 색깔일 터, 그렇다면 같은 온도의 사람들이야말로 예술적 기질이 모아지면 서로의 예술적 상승이 이루어지는 것은 당연한 것 아니겠는가. 이들은 정말 예술적 상승을 이뤄냈다.

청첩장의 주인공들은 존 레논과 오노 요코가 처음 만나 느낀 같은 온도를 서로에게서 느껴 결혼에 이른 것이 아닌가 싶었다. 신부는 바로 내 친정 조카딸이다. 대학에서 디자인을 공부했다더니 간결한 청첩장에서 참신함을 느꼈다.

그런데 이 녀석들이 이모할머니인 내게 주례를 부탁한다는 것이다. 낭패였다. 아무리 개방된 젊은이의 생각이라도 나이 많은 시골 할머니에게 주례를 부탁한다니, 이해는커녕 납득조차 가지 않았다. 하필이면 왜 이모할머니냐고 물으니 답이 재미있다. 같은 온도를 지녔기 때문이라는 것. 이런저런 이유로 주례를 설 수 없다고 설명해서 가까스로 거절을 했다. 많이 서운해하더라는 후문이다.

달포 후 나는 같은 온도를 지닌 이 젊은이들 결혼식장에 섰다. 하객들 사이에서 해를 닮은 한 쌍의 신랑신부를 보았다. 긴 머리를 뒤로 묶고 껑충한 바지에 평상복 같은 예복을 입은 신랑이 보였다. 바로 옆에는 화장기 없는 맨 얼굴에 생머리를 그대로 옆으로 내린 신부가 섰다. 머리에는 달나라 어느 항아님이 금방 썼다가 벗어준 것 같은 화관을 쓰고 심플한 디자인의 드레스는 평상복으로 입어도 좋을 편안한 느낌을 주었다.

잠시 하객들 사이에 수런거림이 낮게 들렸다. 부모가 모두 대학 강단에 있으니 상상을 파괴한 이들 모양이 의외일 수도 있을 것이다. 주례가 궁금했다. 저들이 수학한 은사님이나 저명도 높은 어르신이 아닐까 하는 기대는 빗나갔다. 주례석에는 로만 칼라의 신부님이 온화한 미소로 이들을 축복하고 있었다. 조카딸의 유아 세례를 주신 신부님이라고 했다. 친구들의 축가, 신부 동생이 제작한 영상물, 정이 묻어나는 장면들이었다. 결혼식을 마치고 나오자 서울 하늘에 시인 백석이 연인 나타샤를 기다리던 밤에 내렸

음직한 함박눈이 푹푹 내리고 있었다.

조카딸은 신부 드레스를 보러갔다가 250만 원이라는 말을 듣고 낭비라는 생각이 들었다. 생각 끝에 남들처럼이 아니라 저만의 옷을 입고 싶어 10만 원어치의 옷감을 사다가 손수 드레스를 만들었다는 것이다. 신부 화장도 마다했다. 가족들이 말렸어도 고집을 꺾지 않아 하는 대로 두었는데 밉지 않느냐고 조카댁이 물었다. 내 대답은 명쾌했다. 아주 신선하다고. 우리는 정말 같은 온도를 지녔음이 분명하다.

이 아이들이 하는 가방사업의 지향도 바로 같은 온도라고 하는 것을 보면 미더운 구석이 많다. 인터넷에 올라온 사업 이야기에도 체온이 묻어난다.

"같은 온도의 사람들과 온도를 공유하고 싶다는 '세이모 온도'는 옷을 하던 두 디자이너가 만나 시작된 브랜드다. 한 디자이너는 하이패션으로 브랜드를 준비하고 있었고 한 디자이너는 스트릿패션으로 브랜드를 준비하고 있었다. 두 디자이너의 재미있는 공통적인 아이디어로 가방을 만들기 시작했다. '세이모 온도'의 시그니처인 꼬리에 눈이 달린 물고기는 두 디자이너의 독특한 조화점을 의미한다."

조카딸도 짝꿍 디자이너를 만나 서로 같은 온도라는 것을 느꼈고 둘이 함께라면 더 많은 것을 성취할 수 있겠다는 합일점을 발견한 것이라는 데 공감이 갔다. 이미 이루어놓은 무엇을 누리기보다 아무것도 없는 무의 상태에서 서로 성장하면서 상승하려는 의도가 바로 무한한 가능성 아닌가. 예술이든 사업이든 인생경영이든 같은 온도의 사람들이 함께 상승하는 것. 그것이 바로 미래 창조지 싶다.

추운 겨울을 이겨내느라 어깻죽지가 아프도록 힘들었다. 그러다가 결혼식장에서 소리 없이 온 봄 한 쌍을 미리 만났다. 누구와도 닮지 않고 저들만의 개성과 품위를 간직한 젊은이들을. 이들은 분명 상승을 약속한 이 시대, 봄이 보낸 메시지다.

뿌리의 봄

사과나무 가지를 치는 인동재 언덕이다. 사방이 고요해 가위소리가 새소리처럼 들린다. 나뭇가지를 줍는 등허리로 자글자글 햇살이 쏟아진다. 오랫동안 숨죽였던 산야에 부드러운 기운이 감돌고 있다.

들녘에는 해토로 무너진 논둑을 손보는 농부가 힘차게 삽질을 하고 있고 옆 밭 고추 모를 기르는 비닐하우스로 새참을 이고 가는 아낙의 발걸음이 잽싸다. 마치 박수근 화백의 그림을 보는 느낌이다.

우리도 겨우내 비워두었던 농장의 오두막을 대청소했다. 겨울이면 따뜻한 남쪽나라로 떠나는 철새처럼 아파트에서 지내다가 경칩이 가까워지면 온몸이 근질거려 이리로 온다. 동면하던 동물들도 이 무렵이면 깨어난다고 하니 계절의 생리는 생명 있는 모든 것에게 균등한가 보다. 아직은 푸른 기미 보이지 않는 대지지만 머지않아 너른 가슴에 품은 생명들을 분만할 것이다.

어느 겨울인들 춥지 않은 겨울이 있었을까만 지난 겨울은 몸도 마음도 몹시 추웠다. 우리나라에 불어닥친 구제금융 한파는 밤마다 뉴스 보기가 겁이 날 정도였고 공장이 800여 개가 입주해 있는 우리 군에는 그 한파가 체감온도로 금방 나타났다. 하루에도 두세 개의 기업이 도산되고 이웃으로 사는 그들의 어두운 얼굴을 차마 마주하기 미안했다. 정치가 무엇인지 잘 몰라도 하루하루 열심히 일하며 그 삶에 감사하던 서민들의 생계가 막막한 현실 앞에서 모두가 아연할 뿐이었다.

문학의 꿈을 피워보겠다고 창작교실 문을 두드린 삼십여 명의 회원들이 꿈을 포기하고 부업을 찾아 하나둘 떠나던 무렵 나는 혼자서 이 인동재 언덕에 올랐다. 칼바람에 윙윙 울어대는 사과나무 앞에서 역두에 한라그룹이 세워놓고 떠나버린 시멘트 적재건물을 바라보았다. 눈 덮인 대지는 오히려 휴식을 취하는 듯싶었지만 꽃눈 다칠세라 입성 한 장 없이 버티는 사과나무는 전사처럼 비장해보였다.

나는 풀죽어 있는 그들에게 문학은 평생하는 것, 아무 걱정 말고 생업을 찾으라고 했다. 목장갑을 짜는 일을 하면서도 글을 생각할 수 있고 식당의 주방에서 설거지를 하면서도 문학의 자양분을 얻을 수 있다. 다만 한 가지 경제는 부도가 났지만 우리의 정신만 부도나지 않으면 언 땅에 봄이 오듯 다시 모여 문학을 꽃피울 수 있다고 했다. 믿음은 희망을 낳고 희망은 생기를 주지 않던가.

그럼에도 왜 이렇게 마음이 추워지는가. 함께 수필을 쓰는 분으로부터 이런 절박한 상황에서 글이나 쓰고 있어야 하는지 모르겠다는 편지를 받던 날에도 나는 여기 인동재로 올라와서 사과나무와 지냈다. 사람들은 사과나무의 가지와 줄기를 보고 또는 잎새와 꽃을 보고 열매를 보고 사과나무가 살아 있다고 믿는다. 그러나 더 중요한 것은 눈에 보이지 않는다는 사실을 모른다. 누가 생명을 본 일이 있는가. 생명은 흙 속에 파묻힌 뿌리 같은 것, 다만 지상에 현현하는 것은 바람에 일렁이는 물살 같은 것, 나뭇가지를 꺾더라도, 잎과 꽃이 시들고 열매가 떨어지더라도 뿌리만 살아 있으면 다시 사는 생명이거니, 뿌리=정신이란 등식을 생각하며 철 따라 상황 따라 변하는 현상에 절망하지 않아도 될 것이다.

우리는 그동안 너무나 보이는 것에 취해 살았던 것은 아닐까. 이런 생각은 사과나무와 지내면서 느낀 것으로 고단한 짐 나눠지고 함께 추워하며 함께 참아가며 갈 길은 가야 한다는 결론이다.

바야흐로 봄이다. 봄을 가을 뒤에 두지 않고 겨울 뒤에 둔 것은 지금 우리가 깊이 생각해야 할 화두가 아닐까 싶다.

달빛과 목신木神 이야기

꿈결이 하도 어수선해서 눈을 떴다. 야광시계는 새로 한 시를 가리키고 있는데 머리맡 창이 대낮처럼 환하다. 누운 채로 생각하니 꿈은 아득하고 바람 스치는 소리에 창문을 열어본다. 찬바람이 확 끼치듯 불어온다. 보름이 가까워 오는지 덩그렇게 중천에 뜬 달이 찍어놓은 듯 동그랗다.

벌써 며칠째, 아니 이 가을내내 나는 달빛으로 불면에 시달리고 있다. 감상적인 소녀도 아닌 터에 달빛 때문에 잠을 못 잔다는 것은 우스운 일이지만 엄연한 사실이다. 방에서 환하게 불을 밝히고 텔레비전을 보거나 뜨개질을 할 때는 잠잠하다가 불을 끄고 잠자리에 들면 폭포처럼 쏟아져 들어오는 달빛. 어쩌자고 이리도 보채는가. 나는 오늘 밤도 잠들기는 글렀다며 가운을 걸치고 밖으로 나섰다.

어젯밤에는 어디선지 월광 소나타가 환청처럼 들려와 서재로 나갔더니 거기 피아노는 침묵한 채이고 뚜껑 위에 달빛만이 소복이 스며 있었다.

뜰에 내려섰다. 만상은 차디찬 달빛 속에 조용하지만 분명히 살아나고 있다. 집 앞에도 옆에도 온 밭에 사과나무는 양팔을 치켜들고 벌 서는 아이처럼 서 있다. 보기에도 섬뜩하다. 그때 달빛이 올올이 명주실처럼 풀어지더니 구름 한 점 없이 까만 하늘을 건너질러 사과나무 위로 칭칭 감겨왔다. 이상한 일이다. 나는 나무 가까이 다가갔다. 무엇인가 소곤소곤 주고받는 소리가 들려왔다. 더 가까이 귀를 가져갔다.

"네 이름은?"

"스타킹이라 하옵니다. 별 중에서도 가장 큰 왕별이라는 이름입니다."

"그런데 어찌하여 그 큰 지체를 다 잘리고 선혈을 흘리고 섰는고?"

"예, 그것이 원통하옵니다. 주인나리께서 제 열매들이 시세가 없다 해서 이렇게 세워놓고 잘라대기 수삭數朔이나 됩니다."

나무는 징징 우는 소리로 미주알고주알 일러바치고 있었다. 나는 겸연쩍어서 얼른 그 자리를 피해 건너 밭으로 갔다.

그곳에는 수년째 부란병으로 타들다만 홍옥나무가 간당간당 목을 흔들며 자탄하고 있었다.

"언제는 보석 같은 홍옥이라고 그리도 감싸주고 위해 주더니만 이제는 싹둑싹둑 잘라내어 이 지경을 만드니 너무하십니다. 너무 하십니다."

그랬다. 황금 알처럼 예쁘고 귀했다. 구시월 부신 햇살로 목욕하고 난 반들반들한 그 볼에 눈이 마주치면 감미롭고 설레는 입맞춤이어. 비단옷을 온몸에 두른 목신은 나무 사이를 오락가락하며 만신창이가 된 나무들을 위로하고 있었다. 나는 어느 사이에 한 마리 속죄양이 되어 상처뿐인 나뭇결을 어루만지며 마지막 들려줄 이별의 노래를 가만가만 부르기 시작하였다.

산들바람이 산들 분다. 달 밝은 가을밤에
달 밝은 가을밤에 산들바람 분다.

정이 들 대로 든 나무들이다. 그들이 나를 알듯이 나 또한 그들을 속속들이 알고 있다. 그러나 신품종이 아니고는 적자농사를 면할 수 없어 이렇게 나무를 베고 있는 것이다. 그것도 농한기를 이용하여 식구끼리 하는 작업이어서 선 채로 잔가지부터 잘라내고 있는 것이다.

나는 이 작업을 시작하면서 이상스레 미안한 생각이어서, 또 어떤 때는 나무들의 통증이 번져와서 심란하였다. 사형선고를 기다리는 형장의 죄수처럼 사과나무들은 비장한 수심에 잠겨 있다.

"그러는 게 아니여. 없애려거든 뿌리째 뽑아버려야지 산 채로

토막토막 죽이는 게 아니여." 할아버지의 목소리같이 점잖은 목신의 이야기를 들으며 정말 세상 돌아가는 게 이러는 게 아니라는 생각이 들었다.

이제 겨울이 가고 머지않아 봄이 오면 잘라낸 그루터기에는 새움이 돋아날 것이다. 꽃을 피우거나 열매를 맺지 못할 줄 알면서도 생존의 필연성으로 자랄 것이다. 쓰잘 데 없는 삶의 허실을 바라보는 깊디깊은 뿌리의 비애는 어찌하는가.

어깨를 움츠리고 하늘을 바라본다. 내 의식의 밑바닥에 서성이던 목신은 어디론지 사라지고 우주만상은 본연 그대로이다. 어찌하여 사람들만 점점 기계를 닮아가는지, 그래서 어린이들은 징그러운 외계인 ET의 착함을 사랑하고 못나디 못난 양배추 인형에 열광하는 것은 아닌지. 그래도 이런 어린이들에게는 내일을 여는 가능성의 하늘이 보이니 얼마나 다행한가.

필시 가을벌레가 우는 밤일 텐데도 사위는 고요하기만 하다. 문명의 이기利器에 몸과 마음, 영혼까지를 빼앗겨버린 현대인에게 가냘프고 아련한 가을벌레 소리가 들릴 리 없다. 그것은 태초를, 그리고 원죄를 생각게 하는 계절의 노래임에 분명한데 물질만능에 살이 올라 비만증에 걸렸어도 마음과 영혼은 심한 영양실조에 걸려 아무 소리도 듣지 못하는 것이다.

무감동의 지독한 문명병은 치유가 어렵다는데 자각증상조차 없으니 아랑곳하는 이가 없다. 이런 밤에 차라리 등불마저 끄고 누워 끝없이 바람 일고 소용돌이치는 내면의 소리에 귀를 기울이며 목신의 타이름에 마음을 열어놓을 것이다.

별빛이 초롱초롱 물을 먹는다. 까만 융단자락 위로 유성이 선을 긋고 사라진다. 저기 별똥이 떨어지는 곳에 들국화는 이울고 지금쯤 찬서리가 내리겠지. 못다 부른 노래를 불러주어야지.

아, 아아, 너도 가면 이 마음 어이해.

제4장

겨울 섬진강

고도孤島에서

지도에서 보면 점 하나로 찍힌 섬 울릉도, 나는 지금 울릉도 도동항구 시계탑 옆에 있는 찻집에 있습니다. 바다가 가득한 창가에서 먼 바다에 이는 파도를 보고 있습니다. 파도가 거세어 배가 들어오지 못하는 항구에는 정박한 오징어잡이 빈 배만 바람에 흔들릴 뿐, 발 묶인 관광객들조차 향수에 젖었는지 골목길이 한산합니다. 오늘도 배가 들어오지 않으면 관광객들은 예정에 없는 한유를 한껏 누리게 됩니다.

바다 건너 뭍에 가족과 일들이 있는 사람들이 처음에는 초조하고 불안한 눈빛으로 바다를 응시하더니 자연의 섭리 앞에 불가항력임을 알아차리고 끼리끼리 시간 보내기를 궁리하는 눈치입니다. 잠시 한세상 밀어놓고 나그네의 여로를 뒤돌아보게 하는 귀중한 시간이 될 것도 같습니다.

지난 이 년간 고향에 돌아와서 정신없이 살았습니다. 고향에 내려와서 문학의 선배로서 동분서주하며 연어를 떠올렸던 것은 그 때문입니다. 연어는 우리나라 남대천에서 치어로 고향을 떠나지요. 그리고 북태평양에서 성어가 되면 다시 모천으로 돌아옵니다. 멀고 먼 바다 속을 헤엄쳐 돌아오는 것은 알을 낳기 위해섭니다. 제가 태어난 곳에 돌아와 모래 속에 산란을 하고 임종을 하지요.

그동안 미력하나마 고향의 문학, 예술의 발전에 디딤돌이 되려고 애썼습니다. 잠들어 있는 예술혼을 깨워 문학의 영토를 가꾸고 그들의 자양분이 되고자 했습니다.

연어가 모천으로 돌아오는 것은 자신의 영리나 명예를 위해서가 아니라 알을 낳으려는 본능적 행위이고 보면 끝없이 사랑하고 가꾸고 싶은 후배 사랑이 곧 고향 사랑, 예술 사랑이 아닐까요.

물질의 풍요만이 아니라 정신적인 풍요도 함께 누리는 질 높은 고향을 만드는 것이 깨어 있는 이들의 소망이기 때문입니다. 또한 가지는 옛날에 과수원이었던 밭에 콩 농사를 지었습니다. 씨 심고 밭 매는 일이 쉽지 않더니 올 가을은 콩하고 씨름하느라 여념이 없습니다. 손으로 일주일을 떨다가 못다 턴 콩대를 쌓아둔 채 가방 하나 달랑 메고 나선 길입니다.

엊그제는 지프로 해안을 따라 또 산길을 따라 구경을 나서 보았습니다. 멀리서 보면 손바닥 같은 작은 섬인데 모퉁이마다 진기한 바위요, 유연하게 휘돌아 난 해안선의 물빛이 빼어난 경치입니다. 곡예를 하듯 산길을 달리며 서너 채씩 모여 있는 촌락들의 모습을 보니 거센 바람에 날려가지 않으려고 서로 꼭 붙들고 의지하는 모습 같아 측은했습니다. 번듯한 양옥이나 기름진 들이 없는 척박한 땅, 그러나 그들은 바다의 용기를 간직하고 독도를 지키며 굳세게 살고 있었습니다.

울릉도의 첫 밤을 이야기해볼까요. 아 참, 이번 울릉도 여행은 청주대학교 행정대학원생들의 연수입니다. 다 늦게 공부를 하며 녹슨 머리에 기름칠을 하고 새로운 학문에 매달리는 일이 신선한 자극이 되고 있습니다. 일행들이 바닷가에서 회를 먹고 조금쯤 취해서 제법 큰 노래방에 갔습니다.

노래하고 춤추는 홀에서 나그네가 되어 선율에 젖다보니 회장님, 교수님, 대표님 거창한 명칭들은 그림자가 되고 인간 본연의 체온이 살아났습니다. 그림자 춤에 생긴 틈으로 고독의 실루엣은 비슷했습니다. 뜨거운 몸짓도 우수의 노래도 밤이 지새면 다시 넥타이 단정히 맨 생활인이 되어야 하고 억지로라도 어깨에 힘을 주어야 험한 세상을 버틸 수 있겠지요.

그곳에는 정말 사람들만 있었습니다. 사람, 그 이상도 그 이하도 아닌 그냥 사람들, 함께 떠밀려가며 외로운 혼자들의 자유가 출렁였습니다. 이런 자유, 방만하되 이탈하지 않고, 타협하되 흡수하지 않는 도도한 자유가 여행의 진미일지도 모릅니다. 우리는 거기서 다 벗어놓고 노래에 취해서, 정에 취해서 물살에 흔들리는 말미잘처럼 춤을 추었지요. 그러고 보니 말미잘 생각이 납니다.

어제 아침 산책길에서 말미잘을 보았습니다. 파도가 철썩이는 바위에 달라붙어 온몸을 수많은 촉수로 둘러싸고 물살에 흔들거리는 꽃송이 같은데 손가락으로 건드리니 오므라들었어요. 잡아 떼려고 하면 할수록 더욱 단단하게 물을 뿜어대면서 몸을 작게 수축시켰어요. 그것은 살아 있다고 항의하는 생명이었습니다. 오므릴 줄도 펼 줄도 모른 채 천 년 세월을 우뚝 선 바위와 춤추고 노래하고 분노하는 작은 생명체의 대비가 각별한 의미를 주었습니다. 그대 왈— "참새가 봉황의 마음을 어이 아느뇨?" 하겠지요.

관광 일정은 이미 끝났고 오늘 사흘째 자유 시간을 누리고 있습니다. 하루에 한번씩 호텔을 빠져나와 바닷가에 나가 파도소리를 듣고 돌아오는 길에 이 찻집에 들러 또 한 시간 바다를 바라보곤 합니다. 저 멀리 방파제를 뛰어넘어 하얗게 부서지는 물보라가 제 몸 산산이 부숴대는 순정 같다는 생각을 합니다.

노상 바쁘다는 핑계, 동동거리던 일상도 접어놓고 보니 별 게 아니네요. 바다 건너 저쪽에는 누군가 내 빈자리를 채워 일상은 그 전처럼 이어질 테고 나중에 내가 이승을 떠난 뒤에도 바로 오늘처럼 세상은 여전하겠지요.

바람이 자는지 오늘 바다는 부드럽게 반짝이는 노래입니다. 수평선 너머로 들어오는 배 한 척이 보이는군요. 바다의 가슴도 여인네 같아서 바람에 따라 노래가 되고 포효가 되고 한숨이 된다는 것을 생각해봅니다. 짭짤한 해풍을 온몸으로 받아내며 바위틈에 뿌리내린 해국의 보랏빛이 청초합니다. 이제 바닷바람에 씻긴 내 삶도 해국의 향기를 지니고 싶다는 부질없는 바람도 가져봅니다.

그동안 밥 안 하고 콩 안 털고 바다 보며 사는 재미 한껏 누렸습니다. 바람이 내게 준 보너스였지요. 오늘 밤 늦게라도 배가 도착하면 내일 새벽에 떠난다는데요. 바람이 한 닷새 더 불었으면 좋겠습니다.

마로니에

파란 눈의 수녀님이 운전하는 차를 타고 부르터이수녀원으로 가는 길에 눈에 익은 나무들이 줄지어 서서 조용히 안내를 하는 듯이 보였다. "아, 마로니에!" 내 작은 목소리를 들었는지 수녀님은 백미러로 쳐다보며 "마로니에?" 하고 웃었다. 이렇게 나의 두 번째 프랑스 방문은 마로니에와의 만남으로 시작되었다.

처음 파리에 갔을 때는 팔월 초였는데 유감스럽게도 마로니에 한 그루도 보지 못했다. 세계 4대 가로수 중의 하나이며 특히 파리의 가로수로 유명한 칠엽수, 마로니에를 보기는 보았을 텐데 기억이 나지 않는 걸 보면 나무와의 만남도 시절 인연이 닿아야 하는가 보다.

유서 깊은 마로니에 가로수는 보불전쟁 당시 모두 베어지고 지금은 플라타너스가 많이 심겨졌으나 그래도 파리의 가로수는 마로니에로 기억되고 사랑받고 있다. 어느 나라이든 그 나라의 인상을 대표할 만한 나무나 꽃을 갖는 것은 바람직한 일인 것 같다. 러시아를 다녀온 사람들은 자작나무 숲을 마음속에 담아오고 태국하면 정열적인 부겐베리아 꽃이 먼저 생각난다.

모두 휴가를 떠나고 헐렁한 시가지에 고색창연한 건축물들과 조화를 이루며 마로니에는 귀풍스런 모습으로 늦더위를 식혀주고 있었다. 그러나 내가 정작 마로니에와 깊은 정을 나눈 것은 파리에서 기차로 세 시간 거리에 있는 렌느의 대수도원에서다. 일주일을 보아도 다 못 본 아름다운 수녀원에는 높이가 30m가 넘는 마로니에 숲이 많이 있다. 특히 내가 유숙하고 있는 건물 앞에 성당 지붕 높이의 마로니에가 있는데 연두색 가시가 달린 열매가 열려 있었다.

수녀원에서는 큰 종, 작은 종이 자주 울린다. 대수도원의 고요를 가르며 종소리가 맑게 퍼지면 나무도 나붓이 고개 숙이고 기도하는 것 같았다. 종소리를 들으며 지낸 그곳에서의 일주일은 내 생애에서 가장 충만한 시간이었다. 침대 하나에 책걸상이 한 벌, 간단한 장롱이 전부인 공간에서 누린 내적 평화는 깊고 오묘했다. 수녀원 2층 창에서 내다보면 프랑스의 한적한 시골 밀밭이 화폭이 되고 목장과 숲의 그림자가 호수에 내려앉아 동영상이 된다.

없는 듯이 있으면서 가난한 노인들을 통해 님께 드리는 수녀님들의 자헌이 아름다워 문득문득 세속의 옷을 벗고 싶다는 충동을 받았다. 수도자의 삶을 살기에는 터무니없으나 목부가 되고 꽃수녀가 되어 님의 품에 촛농으로 녹아버릴 수 있다면…….

그 무렵 어느 새벽, "언니야, 창문 열어 봐. 저 나무 잎새들이 살비비는 소리가 들려?" 하는 동생의 말에 창문을 열었으나 내 귀에는 아무 소리도 들리지 않았다. 가만히 보고 있노라니 실바람에 저들끼리 부딪는 움직임이 들렸다. 솨아 하다가 슈슈슈 하는 것도 같은 소리, 금세 가슴께가 서늘했다. 새벽미사를 보고 산책을 나설 때면 일부러 나무 밑에 서서 뿌리의 맥박을 짚어보았다.

어쩌면 이 큰 나무는 은자 같은 모습으로 세속의 옷을 벗고 싶다는 푸념을 들은 것처럼 수도의 옷을 벗고 싶다는 젊은 수녀의 독백도 들었을 것이다. 그러면서도 들어만 주고 대답은 하느님께 맡긴 채 오늘도 고요히 기도만 하고 있다.

피레네산 밑 PUA까지 15일간의 순례를 마치고 다시 파리에 돌아온 날, 마로니에 잎새에 이별이 물들고 있었다.

바람에 흩날리는 낙엽 사이로 버버리코트를 걸친 노신사가 천천히 걸어가고 그 사이 쓸어 모은 낙엽더미에는 이브 몽땅의 샹송한 소절이 쓸쓸한 시간 위로 지나가고 있었다.

오월여행

풀빛하고는 멀어지는 연륜 탓인가. 이즈음 들어 풀빛에 대한 목마름이 예사롭지가 않다. 지난 오월 어머님을 모시고 예정에 없던 여행을 떠난 것도 그 일과 무관하지 않으리라.

하루가 다르게 노쇠해가시는 어머님, 머리 염색으로 아직은 젊다고 버티고 있는 남편, 꽃을 보고도 꽃보다 잎이 더 고와보이는 나, 풀빛이라고는 그림자뿐인 세 식구가 무리하지 않게 가까운 곳 둘러보며 바람이나 쐬려했던 것이 여러 날 지체하고 말았다.

인류가 살아갈 수 있는 것은 대지를 덮고 있는 녹색식물이 있어서 가능하고, 이러한 자연과 공존할 때 사람들은 편안하고 삶의 충만감을 느낀다. 달리는 차창으로 다가왔다 멀어가는 산록의 나무빛들이 한데 어울려서 소녀의 가슴으로 피어오른다. 머리가 맑아진다. 송화가 피느라 소나무는 까실했지만 산벚나무, 오리나무, 참나무 등 오월나무는 채도와 명도를 달리하며 우리의 심상에 초록피를 펌프질하는 것 같다.

천안삼거리에서 국도 21번으로 꺾어 달리는 중이었다. 차령휴게소를 지나서 고개 내림길인데 오른쪽 계곡이 온통 연둣빛 못[池]이다. 차를 멈췄다. 바람 불면 흔들리는 수면처럼 못은 반짝이며 출렁거렸는데, 그처럼 맑고 향기로운 숲은 처음 보는 듯싶었다. 아름다움 앞에서도 가슴이 무너지는 것을 처음 알았다.

수필가 K선생님은 오월의 나무를 두고 죽을 수 없다고 하였지만, 나는 그날 그 초록빛 못에 빠져 죽는다 해도 여한이 없겠다고 생각했다. 오월의 수해에 빠져 죽으면 내 넋이 나무로 환생할지 누가 아는가. 그리움도 기다림도 그 아픈 사랑까지도 초탈한 나무라면 말이다.

어머님의 주름살에도 초록물이 드는가 싶다. 흐릿한 눈동자에 생기가 돈다. 남편은 가슴을 펴고 청량한 공기를 마시더니 커피를 청했다. 콧노래를 섞어 커피를 끓였다. 풀냄새와 나무내음, 커피 향기가 어우러져서 우리는 취한 듯 앉아 있었다. 한 지붕 밑에서 한솥밥을 먹으며 사는 가족이건만 대화가 별로 없는데, 그날은 말은 없어도 수만 마디보다 더 깊은 대화가 눈빛으로 오가고 있음을 느낄 수 있었다.

나무들은 그들 곁에서 생기를 찾고 있는 우리들을 반겨주는 것 같았다. 미국의 인디언들은 기운이 부족해지면 숲속으로 들어가 양팔을 벌린 채 소나무에 등을 기대어 그 식물의 기를 받아들인다고 한다. 나무에 등을 비비지는 않았지만 나무는 이미 우리의 마음 안에 들어와 있었다.

우리에게 오월이 있었을 터인데 흔적 없이 가버렸다. 정한의 눈빛으로 숲을 바라보는 어머니께 당신의 오월은 어떠했는지 여쭈어보았다. 어머니는 한일합방 조약이 체결되던 해에 태어나셨다. 유년의 기억에 3·1운동의 만세 소리가 있고, 공출이 있고, 깻묵이 있고, 창씨개명이 있다. 그러나 무엇보다도 선명한 기억은 갈래머리 땋아내린 처녀시절, 정신대에 끌려갈까 두려워 집안에서만 지내던 나날, 파란 보리밭 이랑을 힘껏 달려보기가 소원이셨다고 한다.

남편의 푸른 시절은 6·25전쟁의 포화 속에 찢겨졌다. 열심히 공부하여 의학도가 되리라던 꿈은 깨어지고 전쟁터에 바친 젊음은 황량했다고 한다. 뜻하지 않게 농학도가 된 그의 눈에 그늘이 덮인다.

나에게도 분명 초록시절이 있었다. 병아리 여교사의 꿈은 아기자기했다. 그러나 그때의 교직사회는 규제가 많았다. 검정 치마에 흰 저고리가 아니면 밤색이나 회색 계통의 옷을 입어야 했고, 입술연지가 조금 짙어도 주의를 받았다. 그러나 내가 정작 견디기 어려웠던 것은 자유당 말기 가정방문을 가서 농촌 학부모들에게 선거운동을 하는 일이었다. 4·19의 함성이 터졌다. 그러나 얼마 가지 않아서 5·16을 맞이하였다.

그 길고 긴 침묵의 오월…….

근대사의 주인공인 세 사람의 눈앞에 지금 눈부시게 빛나는 오월은 지난 날의 아픔들을 어루만져 한꺼번에 보상해주는 것 같았다. 생성과 소멸이라는 우주의 순환 속에 내가 지금 살아 있어 죽어도 좋을 아름다움을 느끼고 있다는 사실이 벅차온다.

아름다움은 생명이 짧다. 짧기 때문에 더 아름답게 느껴지는지도 모른다. 지내놓고 나면 꿈만 같은 오월, 당사자들은 좋은지 모르고 지나친다. 그것이 오월의 함정이다. 지금 오월을 맞이하고 있는 젊은이들이 그것을 아는지…….

아랫녘으로 내려갔다. 가다가 맑은 숲 만나면 돗자리 깔고 쉬고 또 가다가 시골 우체통 앞을 지나면 엽서를 썼다. 남원 가는 길에서는 자운영 꽃빛으로, 정령치鄭領峙 안개 속에서는 안개 같은 그리움을.

노고단을 지나 다시 남원에 왔을 때는 비가 내렸다. 나흘째의 객창이다. 밤으로 서울에 가려던 계획을 취소하고 비 온 뒤의 신록을 보기 위해 하룻밤을 더 묵었다.

아침은 황홀했다. 길가의 미루나무는 오전 열 시의 햇살에 모근을 열고 수천 개의 잎으로 춤을 추었다. 신들린 듯 추어대는 잎새의 기쁨, 무엇이 나무로 하여금 저토록 열렬히 춤추게 하는 것일까.

그것은 생명의 환희일 것이다. 가진 것 없어도 살아 있음 하나만으로 큰 기쁨이 되는 조화. 그 기쁨을 받아안고 덕유산 골짜기에 섰을 때, 우리는 또 하나의 오월나무가 되어 있는 것을 느꼈다. 몸은 비록 노쇠하고 피부는 주름살이 깊어도 빛을 향해 열리는 마음은 나이와 상관없는 청춘의 고동소리를 듣고 있었다.

탁발

파간의 하늘에 석양이 물든다. 천 년의 시간 속으로 들어가서 잔시타 동굴에 앉아 본다. 한 사람 앉으면 알맞은 공간에서 성불하기 전에는 나가지 않겠다는 일념으로 참선한 옛 선사들, 그들의 발자취를 더듬으며 미얀마의 성지를 밟고 있다.

동굴은 반지하의 건물로 축조되었고 내부는 어둡고 긴 복도의 형태로 이루어져 있다. 깡마른 여인이 문 앞에서 건네준 촛불로 비춰본 벽과 천장, 그리고 바닥까지 그려진 프레스코 벽화를 본다. 깨달음의 긴 고행에서 잠시 쉬었던 흔적일까. 그림도 꽃이나 불상과 탑이다. 한기가 든다. 모든 욕망을 접어둔 채 탁발로 연명하며 오로지 낳고 죽음에서 벗어나는 자유를 꿈꾸었던 사람들, 지금 그들은 어디에 있는가.

새벽 거리에는 승려들이 한 줄로 서서 탁발을 나가는 모습을 많이 본다. 어깨가 드러나는 자주색 승복을 두르고 손에는 바리때가 들려 있다. 신기하게 바라보던 나는 걱정이 되었다. 시골에는 아직도 호롱불을 켜고 사는 가난한 나라에서 떼를 지어 다니는 스님들의 바리때를 누가 채워줄지, 그러나 그것은 기우였다. 미얀마 사람들은 없으면 없는 대로 가난도 업이요, 고생도 업이니, 이승은 접어두고 내생에 잘 태어나기를 바라면서 복 짓기를 잘한다고 한다. 끼니때가 되면 식구들의 몫에서 조금씩 덜어 문 앞에 내어놓는다. 그리고 음식이 남으면 버리지 않고 짐승이나 새들을 위해 나무 밑에 펴놓는다. 음식쓰레기로 골치를 앓는 나라에서 간 나는, 비록 가난할지라도 희망이 있는 나라구나 생각했다.

탁발 하면 잊히지 않는 기억이 있다. 6·25전쟁 후 가난했던 시절 우리나라에도 탁발스님이 많이 다녔다. 대문 앞에서 목탁 두드리는 소리가 나면 부엌에서 일하던 어머니가 곡식을 퍼서 들고 독경이 끝날 때를 기다려 스님이 메고 있는 회색 바랑에 부어주셨다. 어떤 때는 보시할 곡식이 없으면 우물에서 냉수를 길어 하얀 사기대접에 공손히 바치고 죄송해서 어쩔 줄을 몰라 했다. 스님은 냉수를 기꺼이 드시고 목탁을 다시 한번 두드렸다. 그러나 아이들은 동네 고샅길에 스님이 나타나면 동냥중이 온다고 골려대며 따라다녔다. 탁발이 무엇인지 알지도 못하면서 돌아서는 스님의 뒷모습이 어린 가슴을 안쓰럽게 했다.

가톨릭 신자인 내게 미얀마 순례를 권하시던 명안 큰스님은 물질문화를 보는 것이 아니라 불교가 끼친 정신문화를 눈여겨보라 하셨다. 그 말씀의 뜻을 조금씩 알아듣고 있다. 가난해도 남의 것을 탐하지 않는 마음, 살아 있는 일체중생의 목숨을 귀하게 여겨 살생하지 않는 마음, 사랑을 입술로 노래하기보다 내 배고픔을 참으며 밥을 덜어주는 마음, 그리고 물질보다 정신을 귀하게 여기는 마음이다. 그래선지 곳곳에서 편안하고 밝은 얼굴을 많이 본다.

내가 이 글을 쓰게 된 동기가 양곤에서 만난 한국 스님 때문이라면 엉뚱하다 생각할 사람도 있을 것이다. 미얀마의 수도 양곤에는 위빠사나의 산실인 마하시수도원이 있다. 승려가 1천5백 명의 불교대학이 있는 대수도원이다. 우리가 그곳을 방문한 시각이 오전 열 시였는데 큰 식당에는 비구와 비구니 스님들이 두 편으로 나뉘어 점심 공양을 들고 있었다. 바리때에 탁발해온 밥을 식탁 밑에 놓고 손으로 주물러 먹는 인도 스님이 있는가 하면, 어색하게 젓가락을 놀리는 눈이 파란 스님들도 있다. 식탁에는 야채를 중심으로 서너 가지의 찬과 국이 있고 닭고기가 오른 식탁도 있다. 나라마다 수행의 방법은 다르지만 살생을 금하는 불교나라에서 육식을 하는 것이 이상스럽다. 혹시 환자 스님일지도 모른다.

안내자의 인솔로 우리 일행은 신을 벗은 채 그 넓은 경내를 둘러보는 중에 회색빛 승복을 입은 한국 스님을 만났다. 동행한 스님들이 반기며 이야기를 나누고 있을 때 반대쪽에서 미얀마 승복을 입은 한국 스님이 걸어오고 있었다. 스님은 반가운 빛도 없이 맞아주었는데 어디서들 왔느냐고 물었다. 그리고 맨발로 엉거주춤 서 있는 것을 보았는지 신을 신어도 된다고 했다. 마지막 말은 돈을 조금 쓰고 가라, 많이 쓰고 가도 흉이 된다 했다. 세 마디를 마친 스님은 그럼…… 하고 돌아섰다. 천천히 가던 길을 걸어갔다. 그 순간 자줏빛 깡똥한 승복 밑으로 하얀 종아리가 드러났고 맨 어께에 매달린 바리때가 흔들렸다.

문득 탁발 가는 스님 발 앞에 엎드려 나는 어디서 왔느냐고 묻고 싶었다. 그리고 스님은 어디로 가느냐고 묻고 싶었다. 부모도 버리고 가진 것 다 버리고 이국의 거리에서 무엇을 탁발하느냐고도 묻고 싶었다.

탁발은 자기를 버리는 연습, 이름을 버리고 지위를 버리고 오뚝한 아상我相과 분별심을 지우는 일. 아무나 할 수 있는 일은 아닌 것 같다. 자의식이 크면 클수록 상처를 많이 받는다고 하는데, 나도 바리때 하나 얻어 탁발을 나가보면 어떨까. 쥐뿔같은 자존심은 버리고 낮추고 낮추어 겸손을 얻어 감사하고 온화하고 사랑하고 동정하고 이해하는 마음을 담아갔으면 좋겠다.

야스나야 폴랴나의 풀무덤

내가 러시아를 좋아하는 이유는 세 가지다. 광활한 대지에 이어지는 자작나무 숲과 여름밤을 바래는 백야와 읽을수록 매료되는 작가들의 작품이다. 그 중에도 야스나야 폴랴나를 생각하면 농사꾼 모습으로 풀을 베고 있는 톨스토이가 눈앞에 다가온다. 내가 농사꾼이어서 그런가, 그가 러시아문학의 거봉임에도 불구하고 농민의 복장을 하고 집에서 만든 장화를 신고 농민들과 함께 밭일을 하는 모습이 가장 친근하게 마음을 차지한다.

모스크바에서 200㎞가 넘는 톨스토이 생가를 방문한 것은 러시아 문학기행의 백미였다. 그가 태어나고 자라고 대작을 창작했던 생가를 보기 위해, 아니 그의 숨결을 생생하게 느끼고 싶어 하늘길을 날았다. 때는 칠월, 끝이 보이지 않는 땅에는 무릇꽃이 무리지어 피어 다가왔다 멀어져가는 자작나무 숲과 어울려 한 폭의 그림을 보는 듯했다.

지팡이만 꽂아도 싹이 돋는다는 러시아 땅의 노른자위 야스나야 폴랴나로 가는 길에는 변변한 가게나 휴게소가 없다. 드문드문 '다차'가 보인다. 다차는 러시아 사람들의 주말농장이다. 방갈로와 비슷하고 열 평에서 삼십 평 남짓한 텃밭이 딸려 있다.

톨스토이는 평생에 세 번이나 이 길을 걸어서 모스크바까지 왕복을 했다고 한다. 원래 걷기를 좋아하고 정체를 싫어했던 노작가는 먼 길을 걸으면서 작품을 구상하고 삶을 되돌아보며 자신이 가야 할 길, 해야 할 일들을 사색했을 것이다.

이곳을 톨스토이 영지라 부른다. 그는 1828년 8월 28일 여기서 태어났다. 넓고 비옥한 땅, 부유한 귀족의 자제로 태어나서 두 살 때 어머니를 여의고 고모의 손에서 자란다. 그리고 아홉 살에 아버지마저 여읜 천애고아가 되어 야스나야 폴랴나를 떠난다. 그의 회상에는 어머니를 그리며 이 영지에서 어머니의 발자국을 생각한다고 했다.

젊어서부터 농민들의 생활을 개선시켜보려고 노력했으나 실패로 끝났다. 그 후 파리와 스위스 등을 여행하고 유럽 물질문명에 회의를 느낀 그는 야스나야 폴랴나로 돌아와 자기의 모든 재산을 사회에 희사하고 농사에 종사했다. 이때부터 그는 인도주의적 경향이 짙은 작품을 썼다. 또한 작품의 기초가 되는 세계관은 악에 대한 무저항과 선과 사랑에 의한 세계주의였다.

글을 쓰는 사람으로 흠모하는 작가가 있다는 것은 좋은 일이다. 나는 오래 전부터 도스토예프스키 작품에 매료되었다. 인간 심리의 복잡한 다면성과 무모한 모순, 분열들을 그린『카라마조프 형제들』이나『백치』같은 글은 평생 동안 반복해서 읽어도 좋은 책이다. 그러나 톨스토이를 좋아하는 이유는 이와는 좀 다르다. 작품을 떠나서 작가는 존재하지 않는다 해도 작품은 물론이거니와 삶 자체만으로도 톨스토이는 매력적이고 아름다워 존경받기에 충분하다.

그는 나이가 들어감에 따라 농부들과 함께하기를 좋아했다. 또한 농노에 대한 특별한 애정으로 그들 자녀들을 위하여 기숙학교를 세우고 젊어서 한때는 직접 가르치기도 했다. 그 기숙학교가 하얀 건물로 남아 있다. 지금은 비어 있으나 오래 전에는 아이들의 웃음소리가 메아리쳤을 것이다.

그 길에 면사포를 쓴 신부와 예복을 입은 신랑이 손을 잡고 웨딩 행진을 하고 있다. 뽀얀 얼굴에 솜털도 채 가시지 않은 러시아의 농촌 총각처녀들이다. 러시아 젊은이들에게는 비용이 많이 드는 교회나 예식장보다는 아름다운 야외 기념관이나 공원에서 결혼식을 울리는 것이 최근 유행이라고 한다. 톨스토이는 180년 뒤 당신의 영지가 인생을 새 출발하는 가난한 젊은이들의 축복의 장이 될 것을 알았을까.

물봉숭아꽃이 뒤덮은 자리에 하얀 목조건물이 아담하다. 영지에 있는 생가라 하여 저택을 상상했던 나는 실망스럽기도 했으나 현관에 들어서면서 실망은 놀라움으로 변해갔다.

그가 15개국 언어를 구사하였고 팔십 세가 넘어서 일본어를 시작했다는 안내원의 말에 끝없이 탐구하는 작가정신에 압도되고 말았다. 또한 하루에도 십여 통이 넘게 세계 각국에서 오는 편지와 저서를 받고 일일이 답신을 보냈다는 이야기에 부끄러워 고개를 들 수가 없다.

그가 『부활』을 썼다는 방, 그리고 눈 쌓인 새벽에 가출을 감행했던 방, 책상에 눈길이 박힌다. 말년에 소로와 인도의 간디 등 인류의 스승들 책을 읽고 그들의 정신적 자유로움에 경도되었던 노작가, 81세의 겨울, 노구를 이끌고 추운 겨울 집을 떠날 만큼 절박했던 그것이 무엇일까. 단지 자유로움뿐이었을까.

그 길 끝에서 풀로 덮인 무덤을 보았다. 묘비도 비석도 없다. 그의 유언대로 높이가 20cm도 안 되는 토총이 잔디에 묻혀 물소리를 듣고 있다. 여기가 바로 『전쟁과 평화』, 『인간에게 얼마나 많은 땅이 필요한가』라는 작품을 쓴 세계적 문호가 영면하는 자리다. 이 토총 하나만 보았대도 후회 없을 야스나야 폴랴나, 여기서는 바람도 조용히 분다. 꽃도 치장 없이 핀다. 여기서는 모두 본연의 모습으로 돌아간다. 역사를, 영원을 말하지 않는다. 그저 그분과 함께 침묵할 뿐이다.

산다무키

토우 인형을 선물받았다. 되는 대로 주물러 만든 것 같은 살결 거친 인형이지만 흙빛이라 그런지 바라보고 있으면 마음이 따스해지고 편안해진다. 요즘은 외출을 피하고 토우와 지내는 시간이 많다. 그런 날 저녁은 집안이 정리되어 있고 후회거리가 생기지 않으며 저녁 반찬이 맛깔스럽다.

어제는 서울에서 아이들이 다녀갔다. 풀냄새 나는 들마루에서 고기를 구워주자 "아! 행복하다"고 했다. 다 커서 가정을 꾸리고 사는 아이들이 모처럼 엄마가 차려주는 밥을 먹으며 좋아하니까 나도 기분이 좋아서 "니네들이 행복하다니 나는 더 행복해" 그 바람에 식탁에는 웃음꽃이 가득 피었다.

인형을 보는 기쁨도 그와 비슷하다. 한 여인이 눈을 내려뜨고 미소를 짓고 있다. 그 미소는 사내 앞에서 색기를 드러내는 요염한 미소가 아니고 근원을 알 수 없는 곳으로부터 솟아나오는 맑은 미소다. 귀골스런 백자나 청자 인형이 못 된 주제에 사람의 마음을 사로잡는 미소의 근원은 무엇일까.

온종일 숙제를 풀듯이 살펴보다가 저녁때서야 해답을 찾았다. 자모상! 미소에 마음을 빼앗겨 보고도 보지 못한 품에 안긴 아기 모습, 그러면 그렇지. 자식을 품에 안고 젖을 물린 어미의 심정을 아는 이만 알리라. 여인은 유선을 통하여 아기에게로 흘러가는 모정으로 저토록 흐뭇한 표정일 것이다. 저고리섶 밑으로 드러낸 유두를 조각가는 에로틱하게 표현했는데도 야한 느낌이 들지 않는 것은 모자상이기 때문일까. 오히려 넘쳐흐르는 기운이 강인한 어머니상을 느끼게 한다. 도자기에서 중요한 것은 형태이다. 그것은 하나의 이미지로 작가는 자애로운 어머니의 상 그 안에 씩씩하고 당찬 어머니의 모습을 기억하고 표현한 것 같다.

내가 산다무키라는 여인을 만난 것은 미얀마에서다. 양곤의 만달레이 힐에는 많은 불상이 모셔져 있는데 부처상이 아닌 그 여인상 앞에서 발길을 멈춘 데는 이유가 있다. 앞 동굴의 부처님을 향해 두 손으로 선물을 바쳐 올리고 있는 여인.

먼 옛날 그곳에 부처님이 오셨다. 왕으로부터 고관대작, 서민에 이르기까지 향과 등불, 차, 꽃 등 공양물을 가지고 예배를 드리려 구름같이 모여들었다. 그러나 산다무키는 드릴 것이 없었다. 무엇인가 드리고 싶은 마음은 간절하나 몸을 팔아 살아가는 기녀의 처지로 막막하기 이를 데가 없었다. 생각다 못한 여인은 자신의 유방을 베어 두 손에 받쳐들고 나갔다.

부처님은 산다무키의 공양을 어떤 심정으로 받으셨을까. 육신은 순결하지 못한 기녀였으나 정신은 순결할 수 있고 부처님을 향한 흠숭은 누구보다도 간절하였을 것이다.

나는 지금까지 공양을 식사를 하는 것으로 알았으나 그보다 더 깊은 의미가 있다. 부처님이나 스님들께 공양을 하는 것은 면죄되고 복을 받기 위함이기보다는 마음을 돌려 참회하고 진실한 참회를 불전에 고하는 의미라고 한다. 공양이란 보시와 깊은 연관이 있다. 보시는 자비를 베푼다는 뜻이다.

물질적으로 가난한 사람에게는 재시財施를, 마음이 풍요롭지 못한 이에게는 법시法施를, 두려움에 차 있는 사람에게는 무외시無畏施를 베푸는 것이 참된 공양이라 한다. 그러나 어떤 대가를 바랄 때는 참다운 보시가 아니다.

성경에도 오른손이 하는 일을 왼손이 모르게 하는 것이 진정한 사랑이라 했다. 무상보시, 부모가 자식에게 자신을 내어주는 그런 마음, 상대적인 것이 아니라 절대적인 것이 참다운 보시요 공양이 아닌지. 하느님을 위하여 목숨을 바친 사람들을 순교자로 숭앙하는 것은 단 하나밖에 없는 목숨을 기꺼이 공양했기 때문일 것이다. 서로 밥이 되어주라고 하신 김수환 추기경의 말씀도 그런 맥락이 아닐까 싶다.

산다무키가 바라보고 있는 부처님 전에는 꽃병이 즐비하다. 먹을 것도 풍족하지 않은 나라에서 가는 곳마다 불상과 탑 앞에 꽃을 바치는 불심을 본다. 종교거나 예술이거나 순수한 것일 때 아름답다.

기녀 산다무키를 보고 내려오는 길에서 깊은 상념에 빠졌던 것은 돌아다본 내 삶의 내용이 부실했기 때문이다. 헐고 남루한 이 영혼 정갈하게 씻어 바칠 님은 어디에 숨어 계신지, 신께 자신을 바친 여인의 순절이 가슴에 연꽃으로 피어나던 하루였다.

이 목숨 마치는 날 한생이 조용한 공양이라면 이승의 잘못을 용서받고 태어나지도 죽지도 않는다는 공空의 바다에 이를 수 있을까.

겨울 섬진강

어째서 섬진강이라는 단어를 입에 물면 아련한 그리움이 되는지 이유도 모르면서 겨울 섬진강을 보러 길을 떠났다. 임진강, 두만강, 남한강, 낙동강……. 강 이름을 대보지만 섬진강만큼 살갑게 다가오는 뉘앙스는 없다. 왜 그럴까. 김용택 시인이 섬진강에 빠져서 빼먹을 대로 빼먹은 강이건만 사람들 가슴에 신기한 기름을 불어넣은 이유는 무엇일까.

오래 전부터 벚꽃이 필 때면 화개에서 쌍계사까지 길이 온통 주차장이 된다는 뉴스를 들으며 나는 더 늙기 전에, 다리에 힘이 있을 때 가보자고 해마다 별렀다. 그러니까 섬진강 여행은 내가 죽기 전에 해야 할 버킷리스트 가운데 하나였다. 마침 좋은 글 도반들이 나를 위해 여행 코스를 그쪽으로 잡아 드디어 십여 년 벼르던 길을 떠난 것이다.

겨울 섬진강, 벚꽃도 푸르름도 없는 알몸의 강을 탐한 것은 내

치졸한 취미여서가 아니다. 민낯의 그를 조용히 만나고 싶어서였다. 중부 북부는 영하를 기록하는 날씨지만 아랫녘으로 달리는 차는 계기판에 찍히는 온도가 영상으로 올라온다. 날씨는 화창하고 길은 붐비지 않아 쾌적하다. 거기다가 사랑으로 뭉친 도반들의 따뜻한 배려는 늙어가는 내게 살맛나는 은전을 베풀어주고 있다. 여행은 관광도 중요하지만 보고 먹고 쉬는 삼박자가 갖춰져야 진가를 발휘한다. 그보다 더 중요한 것은 누구랑 가느냐는 동행이 한마음이라야 의미를 지닌다.

화개로 들어서기 전에 하동으로 들어서 박경리 선생의 최참판댁을 둘러보았다. 『토지』에서 익숙하게 만난 사람들이 정말로 거기 사는 듯한 친근감으로 다가온다. 소설과 현실이 뒤엉켜 아스라해지는 섣달그믐 저녁나절, 나는 별당 연못가에서 엄마를 찾아내라고 떼를 쓰는 서희 애기씨를 만나고 멀찌가니 서서 안타깝게 바라보는 길상이를 만난다. 어디 그뿐인가. 월선이와 용이의 애달픈 사랑도 본다. 이상도 하지. 분명히 소설인데 나는 왜 그 무대에 서서 가슴이 짠해 오는지……. 이것을 문학의 힘이라고 하는 걸까. 박경리 선생은 26년 간 『토지』에 매달려 대하소설을 썼지만 그 안에 녹아 있는 세월은 우리 민족의 서럽고 부끄러운 백 년의 역사였다.

재실까지 둘러보고 다시 바깥마당에 선다. 내가 최참판댁 바깥마당에 애착을 갖는 것은 섬진강 때문이다. 거기서 바라보는 섬진강은 다른 어느 곳에서 보는 것보다 유장하다. 소설이 주는 비장감 때문인지 탁 트인 평사리 들판 가운데를 유유히 흐르는 물길이 마치 월선의 기다림같이 길고 질펀하다. 어디는 수역이 넓어 강 같고 어디는 좁아들어 개천 같은 강줄기를 따라서 상념의 노는 강심으로 간다.

산다는 것은 무엇이며 사라진다는 것 또한 무엇일까. 비록 소설 속의 사람들이지만 분명 어딘가 존재했을 그 사람들은 지금 세상에 없다. 다만 박경리라는 소설가의 영혼을 통해서 세월이 가도 재생되는 영원성을 얻었다. 이것이 예술의 힘이어서 세상의 수많은 예술가들이 자신의 영혼을 불태워 창작에 임하는 것은 아닌지. 작가는 가도 작품은 영생한다는 것……. 내게 남겨진 숙제다.

겨울 섬진강은 조용해서 좋다. 강가에는 녹다 만 얼음이 부스럼딱지처럼 붙어 있고 고기를 잡는 사람도, 재첩을 잡는 사람도 보이지 않는다. 그저 천천히 제 갈 길을 가는 물길, 바쁘지 않아서 좋다. 유속이 빠르면 정신이 없다. 물길은 나더러 쉬엄쉬엄 가라 한다. 강폭은 넓어졌다 좁아졌다 하며 인생길을 알려준다. 바닥이 드러나 모래밭이 된 곳에는 겨울새 서너 마리 모이를 찾고 그러다 심심해지면 물로 뛰어들어 유영을 한다. 아마도 김용택 시인이 여기다 시밭을 일군 것은 바로 저 천연스러운 유속 때문이 아닐까. 강물처럼 느리고 약삭빠르지 못한 사람들을 사랑해서 평생을 떠나지 못하고 산 것일지도 모른다. 세상이 온통 빠르고 광내며 돌아가는데 강물은 눈치 안 보고 저 가고 싶은 대로 흐르는 것. 원시성의 순수가 강가의 나무들을 키우고 조개를 키우고 강변 사람들의 마음을 청정하게 살찌워주는 것이 아닐까.

얼마쯤 가다보면 심심해질라, 볼록볼록 이랑을 이룬 녹차밭이 따라나서고 겨울철에도 푸르름을 잃지 않는 대나무 숲도 한몫 끼어 사색의 여울을 넉넉하게 해준다. 여기가 바로 화개장터. 차를 멈추고 들어선다. 섬진강 하면 화개가 떠오르고 화개 하면 따라오는 섬진강, 지명에도 인연이 있다면 천생배필이다. 꽃이 피어나는 곳에 흐르는 강, 눈을 감으면 화사한 봄밤이다.

550리 길, 긴 강을 여기저기 토막내며 멋대로 유람한다. 내려갔다 올라갔다 꺾였다 풀고 울었다 웃으며 달래주는 강, 어머니의 자장가처럼 넉넉하게 누워 강변 사람에게 젖을 물리는 무명수건 쓴 모성의 강. 섬·진·강. 나도 오늘밤 섬진강 팔을 베고 칠십 평생 고단한 몸, 단잠에 들고 싶다.

집에 돌아가 열어보는 카메라 속 섬진강에는 아마도 잔잔한 물소리가 덤으로 따라와 있을 것 같다.

바라보기

고도에서 별처럼 떠오르는 불빛을 본다. 다섯 시간의 비행 중에 처음으로 나타난 지상의 불빛이다. 어저께 밤, 뜰에서 올려다본 하늘에는 별빛이 영롱하였다. 하늘의 별만 아름다운 줄 알았는데 고도에서 내려다보는 지상의 불빛도 별처럼 곱다. 지금쯤 저 아래 은하의 마을에서는 가족들이 돌아와 식탁에 둘러앉아 즐겁게 식사를 하고 있을 것이다.

전광판에는 비행속도가 886㎞라고 소개되는데 속도감이 느껴지지 않는다. 우주가 무한해서일까 천지간에 점 하나로 멈춘 것 같다. 한 개의 점은 존재라 했다. 두 개의 점이 회전운동을 하다가 제자리로 올 때 만들어지는 원이 우리라면, 존재와 존재 사이를 흐르는 기류는 무엇인가.

그동안은 구름나라를 여행하였다. 기창機窓으로 보이는 구름의 도시들은 아름답지만 생명감이 없다. 하늘과 바다가 맞닿은 것을 수평선이라 하고, 땅과 하늘이 맞닿으면 지평선이라 하는데 하늘과 구름의 접선은 무엇이라 하는가. 무한대의 자연 앞에서 나는 지금 가장 작은 점 하나로 찍히고 있다. 황금빛 노을이 장관을 이루는 하늘을 지나 어둠의 장막이 드리우는 밤의 상공이다. 외기 온도가 섭씨 57도, 바람은 순풍이다가 역풍이다.

옆자리의 점 하나를 바라본다. 어디서 본 듯한 저 사람은 누구일까. 불빛이 은하를 이룬 동네에서 아침저녁 마주치며 산 사람, 어째서 스무 해가 한순간처럼 느껴지는지 모르겠네. 사람은 같아도 무대 배경이 바뀌면 달리 보이는 것 같다.

타인도 아니면서 때때로 타인처럼 느껴지는 사이, 마주보기 위하여, 소유하기 위하여 숱하게 충돌하고 보살피며 서로를 길들여 가는 인생 동업자, 궤도를 벗어나지 않으려고 애를 쓰고 있다.

돌아다보면 외기 온도가 절절 끓어 어설프게 지은 집이 다 녹을 뻔도 했고 역풍을 만나 좌초될 위험에 놓일 때도 있었다. 그래도 여태까지 공존하는 것은 우리가 켜놓은 불빛 때문이리라. 자식이라는 불빛, 친구라는 불빛, 보이지 않는 관계와 관계 사이를 흐르는 전류…….

생각이 거기까지 미치자 다시는 돌아갈 수 없는 곳인 듯 향수가 밀려온다. 불과 다섯 시간 전에 떠나온 곳이고 노상 탈출하고 싶었던 곳이건만 지상에 가장 따뜻한 곳으로 나를 당기는 것은 무엇인가. 낯선 곳에 대한 불확실한 기대와 불안을 지우려고 눈을 감는다.

망막 사이로 낯익은 골목과 사람들이 지나간다. 습관으로 지켜온 일상들, 아침이면 일어나서 창문을 열어놓고 식사 준비를 하고, 청소하고, 차 마시고, 다림질하던, 창문으로 내다보던 무표정한 앞집 담벼락이며, 그릇 부딪치는 소리, 늘 뿌연 서울의 하늘, 그 아래로 골목을 누비던 두부장수 종소리……. 진부하고 권태로웠던 일상들이 새로운 의미로 다가온다.

마치 진실한 욕망이란 소박한 인간이 되어서 변함없는 풍경을 창문을 통해 보는 것과 빈곤을 가지고도 재산이 있다고 생각한다는, 야간비행 중에 강풍을 만나 순직하는 비행사 파비행의 욕망이 우리 모두의 평범하고 진실된 욕망일지도 모른다고 고도에서 생각하고 있다. 그는 시시각각 변하는 자연 앞에서 예측할 수 없는 운명을 예감했을 것이다.

가끔은 이렇게 자리를 바꾸어 보는 것이 좋을 것 같다. 그대의 자리에 나를 세워놓고, 또 내 자리에 그대를 영접해 서로를 바라보면 빈곤을 가지고도 재산이 있다고 생각하는 파비행의 마음이 될 수 있을까.

제5장

손이 전하는 말

꽃잠

안방과 작은방을 사이에 두고 두 세계가 공존한다. 우리 집의 성주인 그는 작은방에서 깊고 깊은 잠을 잔다. 그를 지키기 위해 나는 불면으로 밤을 보낸다. 밤 열한 시쯤 건너가면 다음 날 오후 다섯 시가 넘어야 눈을 뜬다. 그에게 하루 세 끼니는 의미가 없다.

병이 오기 전 그는 누구보다도 부지런한 사람이었다. 농사를 천직으로 살았으니 일하고 싶어서 잠자는 시간이 아깝다고 했다. 놀 줄도 모르고 입을 줄도 모르고 해 따라 일어나서 몸을 움직여야 사는 사람이었다. 평생 낮잠을 모르던 사람이 요즘은 잠을 위해 사는 것같이 변했다. 깨어 있는 여섯 시간도 소파에 앉아 눈을 감은 채다. 텔레비전에서 아무리 재미있는 프로그램이 방송돼도 무덤덤하다.

밤과 낮을 바꿔 사는 그를 보면 옛날 생각이 난다. 첫아기를 낳아 기를 때 갓난아기가 밤낮을 혼동해서 초보 엄마를 울게 했다.

낮에는 자고 밤에는 안 자고 보챘다. 잠을 깨워 젖을 물리려면 볼을 꼬집어보고 볼기를 때리기도 하지만 배냇짓만 할 뿐 혼곤하게 잠을 잤다. 밤이 깊어 산모와 아기만 남는다. 이때부터 아기와 산모의 신경전이 벌어지는 것이다. 무릎에 올려놓고 어르다가 방바닥에만 내려놓으면 자지러질 듯이 운다. 이러기를 수없이 반복하며 일주일, 한 달이 지나다보면 아기가 아니라 왕신단지가 되었다. 아기들이 하루 자는 평균 시간이 열여섯 시간이라니 엄마 태안에서 놀던 습관대로 아기는 양수 속인 줄 알고 먹고 자고 하는 건데 산모 입장에서는 중노동이다.

아기야 그렇다치지만 그는 왜 그토록 잠을 잘까. 기력이 떨어져서 움직이기가 힘들어 그럴지도 모른다. 욕망이 없다. 오신채 냄새가 싫어서 담백한 것만 찾다보니 요새는 김과 오이지만 찾는다. 그가 가장 편안한 시간은 바로 잠자는 시간이다. 잠이 그를 부르는 것인지 그가 잠을 청하는 것인지는 알 수가 없다.

세상 모르게 자고 있는 모습을 보면 잠은 휴식이다. 머리가 아프다고 오만상을 누비던 얼굴이 펴지고 평화롭다. 숨소리도 고르다. 어찌 아픈 이에게만 휴식이겠는가. 종일 밭에서 일을 하고 저녁 먹기가 무섭게 잠자리에 들면 누가 업어가도 모르게 단잠에 빠질 때가 많았다. 꿈도 없이 자고 나면 온몸이 개운하고 새 힘이 생겨 잠은 효험이 큰 영양제였다.

잠은 유혹이다. 어쩌면 그도 허물어져가는 육신이 마지막으로 걸어보는 정신적인 도피처로 잠을 청하는지도 모른다. 아득한 옛날 사람으로 인한 상처에서 선혈이 낭자한 밤, 불면으로 뒤채일 때, 잠은 손짓했다. 영원히 망각하는 좋은 처방은 깨어나지 않는 거라고……. 그럴 때 잠의 유혹은 마성의 갈기를 감추고 은밀하게 다가오는 모종의 음모였다.

저렇게 자다가보면 잠 끝에 또 다른 세상에 가 있을까. 자는 얼굴을 들여다보며 아프지 말고 꿀잠을 자다가 떠나면 다행이 아닐까 싶기도 하다. 눈을 뜨면 내가 누구냐고 물어본다. 아이들 이름도 잊어먹고 가까이 있는 사람 얼굴을 잊어먹으면 갈 곳은 요양병원뿐이다. 그래서 요즘 나는 불면증이 왔다. 세상 모든 남편들이 아내 앞에서 돌아가야 그나마 사람 대접받고 체면 유지한다고, 그가 아프기 전에 자기가 더 오래 살아서 나를 배웅해주겠노라 했을 때 그것도 좋겠다고 했지만 요즘은 아니다. 목숨에 대한 애착 때문이 아니라 남아 있는 자의 고통을 조금이나마 알아서다.

사람은 하루에 한번씩 잠을 잔다. 낮과 밤을 주심은 삶과 죽음을 생각해보라는 신의 의도가 아닐까 싶다. 낮 동안 수고한 육신을 잠이라는 보료에 뉘어 쉬게 하여 새로운 에너지를 충전시키는 과정, 그것도 한꺼번에 주는 휴식이 아니라 그날 필요한 만큼만 그때그때 주는 것, 신은 현명한 분이시다. 깨어 있는 시간이 줄고 있으니 시간 낭비하지 말고 하고 싶은 일 하라고 시한부 인생임을 일러주는 의도가 느껴져서다.

그의 꽃잠은 깊어가고 나의 불면은 시퍼렇게 살아난다. 참참이 그에게로 가서 아주 멀리 달아날까봐 흔들어 깨워본다. 육신은 여기에 두고 어디까지 갔길래 쉽게 눈을 뜨지 않는다. 생각의 갈피가 천 갈래 만 갈래 흩어진다. 그가 긴 휴식으로 세포가 재생되고 장기가 건강해져서 내일 아침 씻은 듯이 건강한 모습으로 눈 뜨는 기적을 기도한다. 평생 동안 그가 저지른 허물을 용서해주시기를 간구한다. 누구의 짐도 되지 말고 가족의 품에서 따뜻한 배웅을 받기를 기도한다. 할 수만 있다면 명징한 의식으로 마지막 인사를 나눈 후 육신의 고통을 잊고 꽃잠 속에서 영면하기를 기도한다.

수도자들이 날마다 다섯 번 바치는 끝기도에 "주여 말씀하신 대로 이제는 주의 종을 평안히 떠나가게 하소서" 하는 기도문이 있다. 날마다 죽으며 하루치를 산 수도자들이 그날로 생을 결산하는 순명이 새롭게 다가오는 요즈음이다. 내가 세상을 떠날 때도 끝기도처럼 평안히 떠나가게 해주시기를 바라는 나는 염치없는 사람이다.

나의 서재

나도 서재가 있다. 글쟁이로 산 지 오랜만에 처음으로 마련한 공간이다. 좁고 컴컴하고 구석진 곳이기는 해도 사유의 날개를 달아주고 때로는 우화의 희열도 누리는 곳. 말이 서재지 서가 몇 칸 서 있고 책상에 편한 의자가 기다리는 곳, 책상 위는 언제나 책과 종이로 덮인 곳, 나는 이곳이 쉼터다. 쉼터라면 조금 과장이기도 하다. 여기서 자신과 피터지게 투쟁하고 화해하고 몇 줄 맘에 드는 글이 써지면 바로 천국이 되는 지옥이다. 고즈넉한 기다림이 사는 곳. 무질서 속에 질서가 있고 내 글의 시작과 방황이 문신으로 박힌 곳. 나만의 왕국이다.

서재란 선비가 책을 읽고 글을 쓰는 곳이다. 장서가 찬장 높이로 쌓여 있고 문방사우가 단정히 정좌하고 난분 두어 개 창 옆에서 고즈넉하다. 달빛이 드는 날이면 난 잎의 그림자가 창호에 어른거려 저절로 시심을 불러내는 것이 문사들의 서재다.

내개는 그런 서재가 없었다. 집안 곳곳에 임자가 있어 한때는 화장실만 한 공간이라도 내 공간을 갖고 싶었다. 시부모님 모시고 사느라 독방을 꿈꾼다는 것은 상상도 못할 일이라 깊은 밤 식탁이 서재가 되었다. 그때는 시간 상관없이 불을 켜고 책을 읽고 글을 쓰는 공간이 제일 부러웠다. 내가 좋은 글을 못 쓰는 이유가 마땅한 공간이 없기 때문이라고 합리화했다.

그 소박한 꿈이 이루어 진 것은 시골로 이사를 온 후다. 방이 셋인 아파트에 가족들의 방을 정하고 조그만 문간방이 여유가 생기자 제일 먼저 그곳을 서재라 하고 책상과 서가를 꾸며준 이가 남편이다. 한쪽 벽을 서가로 채우고 베란다까지 흩어졌던 책을 가져다 꽂고 정리를 하니 세상에 그만한 공간이 내 것이라니 꿈만 같았다. 밀폐의 공간이 비상의 출구가 되다니…. 우선 컴퓨터를 장만하고 오디오를 들여놓고 서가도 구분을 지어 책을 꽂았다.

그곳은 성역이었다. 독립된 공간은 나의 문학적 허기를 달래주었다. 밤새도록 불을 켜고 있어도 탓하지 않고 책을 읽다가 싫증이 나면 잠시 눈을 붙여도 좋다. 거기다가 취향대로 음악을 듣는 일이란 무엇에도 비할 수 없는 독락獨樂이었다.

어느 깊은 밤, 앙드레 지드의『지상의 양식』에 붙잡혔다. 1984년 중판된 책으로 지금은 종이가 절어서 노랗게 변했어도 밑줄 친 부분이 선명한 책, 나는 사람은 노력하는 한 방황한다는 글귀를 보고 전율했다. 스스로에게 요구하는 미완의 채찍을 늦춘 것도 그 한 구절이다. 많은 작가들의 작품을 만나고 메모하고 마음을 채워주는 문장을 필사하고, 그때의 서재는 영적 갈증을 해소시켜주는 공간이었다. 그러나 책에서 얻는 지식의 공허함을 느낀 곳도 서재다.

그토록 만족하던 서재가 어느 때부터 족쇄가 되는 것이었다. 글이 책상 앞에만 있다고 저절로 써지는 것이 아니었다. 서재에 앉아 오래 견디는 작가가 좋은 글을 쓰는 것은 자명한 일이지마는 근기가 약한 나로서는 어려운 일, 그럴 때면 충동적으로 여행길에 오르고 사람들을 만나고 밖에서 중요한 것을 찾았다. 몸도 마음도 지쳐가면 다시 서재로 잠행을 떠났다.

보헤미안이 안주한 곳은 농막이다. 밭고랑에서 땀 흘리며 풀을 매고 사과나무에 매달려 사과를 따면서 눈 가득 가슴 가득 차오르는 느낌들이 메모지에 가득 찼다. 감관의 해방, 그것은 신세계였다. 부족해도 무한한 비상을 꿈꾸게 했다. 그때부터 목에는 끈 달린 볼펜을 차고 작업복 주머니에는 구겨진 달력이 들어 있었다. 저녁이면 주머니 가득 질러놓고 온 메모지를 꺼내 타이핑하고 관련되는 자료를 찾아 보충하고 감성의 부표를 여과하며 글을 썼다. 고단한 줄도 모르고 밤새는 줄도 모르던 황금기였다.

향교나 서원에서는 스승이 있는 곳을 서재라 부르기도 했다지만 자연은 나의 온전한 스승이기도 했다. 땀 흘린 만치 수확하는 과수원에서 맞고 보내는 사계는 아무도 가르쳐주지 않는 순수의 세계를 맛보게 했다. 백설로 가득한 겨울과수원에서 처음으로 죽음이라는 과제를 파보기도 했다. 그것은 세상 모든 생명의 소중함을 체화한 뒤여서 가능했을 것이다. 겨울은 끝이 아니고 또 다른 시작점이라는 사실을. 그럴 때는 빈 밭에 꿇어 앉아 간절함이 깊어질수록 신께 가닿는 기도가 되는 것을 알았다.

요즘은 그리운 사람들을 만나는 곳이다. 사람은 간 데 없고 책만 남아 살아서 다하지 못한 이야기를 차근차근 들려준다. 서가에 옹기종기 모여서 담화하시는 우리 선생님들, 서정범, 박연구, 유경환, 김태길, 김열규 선생님, 존재 자체만으로도 풍성한 그늘이셨던 선생님들이 계셔 내 서재는 외롭지 않다. 어떤 날은 종일 베토벤의 〈운명〉을 듣는다. 한 곡을 하루 종일 되풀이 듣다보면 베토벤이 뛰어나와 "너만 외로우냐? 나는 더 외로웠다" 그러는 것 같다. 평온한 날에는 바흐의 〈무반주 첼로 조곡〉을 듣는다.

서재는 망망한 문학의 바다로 출항하는 나의 쪽배이고 헤밍웨이의 절망이 거센 파도를 노 젓게 하는 바람이고 빈손이어도 돌아와야 하는 귀착점이다. 그래도 꿈꾼다. 출항의 기대와 만선의 기쁨을.

그러나 이제는 지상의 서재는 폐업을 하고 내 안에 서재 한 칸 들여놓으려 한다. 이 자유로움은 또 무엇인가. 끝나지 않는 여정이 하늘길에 닿기를, 가슴에 묻은 부끄러운 책들은 살라버리고.

손

심부름꾼이다. 좋은 일, 궂은 일 가리지 않고 충직하게 소임을 다하는 심복이다. 어떤 주인을 만나는가에 따라 그 손의 사명이 달라지듯이 병고를 치유하는 인술仁術의 손이 있는가 하면 파괴와 살생을 일삼는 손도 있다. 기왕이면 좋은 손을 갖고 싶었다. 아름답고 우아하고 겸손한 손을…….

어느 가정이거나, 주부는 그 집의 손이어서 모든 것을 알아서 관리한다. 겨울채비를 하느라고 이불에서 커튼까지 있는 대로 빨아 널고, 화초 분갈이하고, 김장을 담그고 나면 내 손은 엉망이 되고 만다. 조심성이 없어서인지, 아니면 일이 서투른 탓인지 손이 성할 날이 없으니 민망하기 짝이 없는 노릇이다.

손등은 생채기투성이고 손가락은 군데군데 칼자국이 스쳐 가관이다. 낮에는 바빠서 모르다가 밤에 잠자리에 들면 그제야 얼얼하고 화끈거린다. 한때는 길쭉하니 메마르고 머큐로크롬을 훈장처럼 바르고 지내는 내 손이 남부끄러웠다. 어쩌다가 동창모임에 간다든가 외출했을 때 손마디가 굵어져서 반지조차 들어가지 않는 손이 초라해보여 적잖이 신경이 쓰였다. 그러던 것이 차츰 생각이 달라져갔다. 아마 가끔씩 받는 누시아의 편지 때문이 아닌가 싶다.

누시아. 그 이름은 빛이라 했는데, 그녀는 그 반대편에서 살고 있다. 중학교 다닐 때 관절염을 앓기 시작하여 사십 고개를 넘어선 여태까지 투병생활을 하고 있다. 이십 년 넘게 누워만 살고 있어 무릎 아래쪽부터 발가락까지 성장이 멈춘 아이 같고, 양팔은 어깨 밑에서 굽어져 내려 가느다랗게 야위어 다섯 손가락이 거의 오그라붙었다.

혼자서는 아무것도 할 수가 없다. 파리가 얼굴에 새까맣게 앉아도 쫓아버릴 방도가 없다. 얼굴과 머리에 비듬이 덕지덕지 앉은 그녀를 씻기고 오는 날에는 목숨이 꼭 축제만은 아니라는 생각이 든다.

그런데 알 수 없는 일은 열일곱 소녀의 얼굴로 살고 있는 그녀는 오히려 평화롭다. 배설물이 두려워 몇 수저의 곡기로 연명만 하고 사는 터에 천진무구한 동안의 평화는 어디서 오는 것일까. 모로 누워서 막대기 같은 손가락 사이에 수저를 꼽고 엎지르며 한두 술 밥을 떠넣던 손에 어느 날 볼펜을 쥐어주었다. 무엇이라도 써보면 큰 위안이 될 거라고.

그녀는 천신만고 끝에 겨우 글씨를 쓰게 되었다. 글 몇 자 쓰는 데 몇 시간이 걸리는 고행을 거쳐서다. 그리고는 자신과 같은 이웃을 위하여 그 손으로 사랑의 체온을 나누고 있다. 교도소에 수감되어 있는 수인에게, 마음을 앓고 사는 어느 주부에게, 양로원에 있는 불구노인에게 오그라든 손의 봉헌은 끝없이 펼쳐지고 있다.

나는 누시아의 편지를 받을 때마다 나의 고통은 하찮은 것이라는 내송內訟의 아픔을 겪는다. 그러던 어느 날 부자유한 육신으로부터 자유로워질 귀한 선물을 받았다. 가나화랑으로부터 발송된 화집이 그것이다. 조심스럽게 봉함을 열어보니 거기 낯익은 조각가 C교수님의 친필이 기다리고 있었다.

나는 C교수님의 작품을 좋아한다. 그림에 까막눈인 내 눈에 무슨 안목이 있을까마는, 반듯하게 참으로 인간답게 살아온 그분 삶의 열정을 익히 알고 존경한 까닭에 그분의 작품에 더 크게 공감하는 모양이다. 어느 분야의 예술이든 작가와 작품이 일치하지 않는 경우를 많이 보아왔기에, 나는 예술가라면 우선 그 사람됨을 꼽고 작품을 뒤에 두는 편견이 있다. 가장 불완전한 것이 인간이므로 완성을 향한 이상이 작품으로 형상화되어 작품과 작가 사이에 괴리가 생길 수도 있지만……. 그런데 삶과 예술이 일치하는 예술가가 그리 흔치는 않은 모양이다. 유독 C교수님의 작품이 맑은 빛으로 영혼의 문맹을 비추는 것은 삶 자체가 작품이라는 그분만의 진실한 철학이 있어서다.

화집을 오래오래 바라보았다. 무표정한 소녀상의 눈길에서 안개 같은 슬픔이 배어 나오고 도끼 같은 얼굴에서 범종소리가 울릴 것 같다. 서 있는 사람, 소녀상, 얼굴, 어디서나 불쑥불쑥 살아 있는 손의 질감을 느낀다. 결코 크달 수 없는 두 손 안에 광대무변한 우주가 담겨 있고 끝이 없다는 영원까지 수용돼 있다.

참 이상한 일이다. 다소곳이 모아쥔 자그마한 손인데 시공을 뛰어넘어 생동하고 있다. 그 손은 어느 사이 현대의 성녀 테레사 수녀의 깡마르고 큰 손이 되어 썩어가는 나병 환자의 환부를 어루만지고 고통 속에서도 아픔을 나누는 누시아의 목각 같은 손으로 변신하기도 한다. 세계적인 작가가 된 C교수님은 육체를 넘어서는 그곳에 비로소 열리는 창조의 영안을 얻음일까.

이제야 조금씩 누시아의 평화를 알 것 같다. 두 손을 가지런히 책상 위에 얹어본다. 이제야말로 좋은 손을 가져야 한다는 다짐을 하며, 사랑과 정성으로 저녁식탁 차려놓고 거기 둘러앉아 즐겁게 식사하는 식구들 틈에서 행복을 느끼는 어머니의 손은 따뜻한 손이다.

정말로 아름다운 손은 누군가를 위하여 끝없이 봉사하는 그런 손이다. 비밀한 기쁨을 간직하고 고뇌의 정으로 창조의 촛불을 켜는 그런 손이다.

손이 전하는 말

오래간만에 농장 일을 했다고 허리에 동티가 났다. 구부리기도 힘들고 걷기도 불편해서 파스를 찾았다. 아픈 허리에 붙이려는데 고개를 비틀어도 보이지 않고 거울을 보고 애를 써도 환부에 정확하게 붙지를 않는다. 파스 두 장을 가지고 실랑이를 하다가 소파에 몸을 던진다.

요셉은 이럴 때 가장 편한 간호사였다. 내가 과수원 일로 끙끙 앓는 저녁이면 파스를 찾아들고 내 방으로 와서 어깨를 두드린다. 오만상을 찌푸리고 있으면 잠옷을 들치고 허리 여기저기를 꾹꾹 누르면서 더 아파하는 곳을 찾았다. 그리고는 먼저 자그마한 손으로 환부를 살살 쓸어주고 입으로 호호 분다. 뜸을 들이는 게 귀찮아서 빨리 붙이라고 면박을 줘도 들은 척도 하지 않고 꼼꼼하게 붙인 다음 또 다독였다. 그리고는 "이제 다 나았다" 하고는 자기 방으로 갔다. 그때는 파스 붙이는 일이 화수분이었다. 화장대 서

랍에 파스가 떨어지지 않게 준비하는 것도 그의 배려다.

요즘 나는 그 자그마한 손이 아쉬워 많이 허둥댄다. 베란다의 화초가 제멋대로 자라서 어수선해도 만지기가 싫다. 그가 있으면 하루도리로 들여다보고 떡잎은 떼어내고 구부러지는 것은 부목을 대어 바로세워주고 목이 마르다고 하는 화초에게 물을 주었다. 그때는 화초들 잎이 윤이 났다.

화장대 서랍이 빠지지가 않는다. 첫째 칸이 둘째 칸까지 물고 꼼짝을 안 해서 연사흘을 열지 못하고 불편하게 지낸다. 망치에 드라이버에 연장을 찾아내어 오전 내내 씨름을 해도 요지부동이다. 이런 때 요셉을 불러대면 식은 죽 먹듯이 해결해줄 텐데…. 나의 해결사는 지금 부재 중이다.

이러면 안 되는데 스스로 다짐을 해도 손도 마음도 의욕이 없다. 손을 놓는다는 의미가 바로 이런 것이구나 느낄 뿐이다. 그는 손이 작고 앙상했다. 일을 많이 해서 손바닥이 까슬했다. 무명지와 새끼손가락이 약간 굽어서 병이 아닌가 걱정하면 그게 유전이라고 하면서 자기는 아버지가 도망가도 손가락으로 찾을 수 있다고 장담을 했다.

병석에 있을 때다. 몸에 병이 들어도 손톱 발톱은 자란다. 어느 날 텔레비전 연속극을 보다가 갑자기 두 손을 들어 손가락을 세우고 "나한테 덤비면 잡아묵는다. 어흥" 하면서 무서운 표정을 지었다. 꼭 유치원 개구쟁이 모습이다. 그런 유머는 자기 손톱이 길다는 표시다. 내가 깎아준 대도 막무가내로 혼자 깎는 노인은 평생 동안 내가 힘들어하는 꼴을 못 보는 사람이었다. 보름 입원한 병원에서도 면회를 가면 반가워 어쩔 줄 모르다가 30분도 안 돼 얼굴이 상했다고 집에 가서 쉬라고 어여 가라 손짓하던 사람이다.

그 작은 손은 부지런하고 따뜻했다. 체온이 일정 온도여서 겨울이면 밖에 나갔다가 들어가면 제일 먼저 그의 손을 잡는 게 일이었다. 한참을 잡고 있으면 막대기 같던 내 손이 따스해졌다. 그 작은 손으로 동네 이웃분들의 경운기가 고장났다면 들이고 고갯길이고 달려가 고쳐주었다. 손의 감각이 남달리 섬세해서 손재주 많고 잠시도 노는 손이 아니었다.

과수원을 접고 은퇴한 후로는 집안의 살림을 즐겁게 도와주었다. 그릇 하나를 닦아도 반짝반짝 윤이 나고 거실 바닥에 검불 하나 떨어져 있는 것을 참지 못했다. 시력이 좋아서 내 옷소매에 지스러기가 보이면 작은 가위로 잘라냈다.

혼자 밥을 먹는다. 그의 빈자리가 싫어서 접시 하나를 올려놓는다. 그가 했던 것처럼 반찬을 더는 그릇이다. 그럴 때면 그의 손이 전하는 말이 들린다. "밥 먹을 때는 프랑스 식으로 천천히 먹어." 노상 급하게 먹어 소화불량에 시달리는 내게 귀에 못이 박히도록 하던 말이다. "층계를 내려갈 때 난간 잡고 천천히 가. 밤에 이불 차버리지 말고 자." 밤중에 가만히 이불자락을 덮어주던 손. 거룩하거나 빛나는 손은 아닐지라도 못생기고 따스했던 그의 손이 찬란한 생애처럼 내게 오는 가을저녁. 손이 마음이라는 말을 이제야 알아듣는다.

불빛

그이는 밤마다 외등을 밝혔다. 늦은 밤 이우는 가을 길을 걸어왔다. 달빛이 싸늘하게 온누리를 비추고 있다. 타작 끝낸 논벌은 비어가고 가로수도 잎을 털어내며 겨울을 준비한다. 썰렁하게 비어가는 밤길을 혼자 걸어오면서도 가슴엔 그득한 위안이 고여오는 것은 웬일일까.

맛있는 것을 흡족하게 먹고 난 뒤처럼, 사랑하는 사람과 이제 막 따뜻한 손을 놓고 돌아섰을 때의 그 싫지 않은 섭섭함 같은 것이 성총 안의 평화일까.

멀리 평촌마을 야트막한 창에서 비치는 불빛이 따스해 보인다. 그곳에는 가족을 기다리는 마음이 있고 무사함을 비는 기도가 있다. 따뜻한 아랫목에는 밥주발 묻어놓고, 담북장 투가리는 윗목화로에서 끓겠지. 평범하여 더 정이 가는 우리들의 일상이 오늘 따라 나를 적시는 이유는 무엇인가.

불빛이 그리워지는 것은 그만큼 가슴에 한기가 있기 때문이다. 나는 어쩌자고 이슥한 가을 길에서조차 불빛을 그리워하나. 욕심내지 말리라. 내가 돌아갈 곳이 있다는 것은 나를 기다리는 사람이 있다는 증거. 세상에 저 기다림의 불빛이 모두 꺼져버리면 우리들 삶은 산지옥이 될 것이다.

논둑길을 빠져나오자 큰길이 나섰다. 그때 청주 쪽에서 밤 열차가 능무링이마을 앞으로 들어섰다. 열차가 음성역에서 정거할지 그냥 지나칠지는 모르지만 그 차도 어딘가에는 머물러 화물을 하역해야 할 것이다. 나도 이렇게 열차처럼 무거운 생활을 걸머지고 허둥지둥 달리다가 주님 앞에 짐을 부려놓는다. 그리고 열차처럼 다음 역을 향하여 또 달려야 한다. 끝 날까지 쉼 없이.

혼자 걷는 밤길은 멀고 호젓하다. 침묵이 부담스럽지 않은 이와 함께 걷는 기분이랄까. 평곡 석재공장 긴 담모퉁이를 지나 컴컴한 굴다리를 빠져나오면 뽕나무골 골짜기에 외등이 하나 성큼 마중 나온다.

온종일 가을걷이로 동동거리다가 저녁상을 차려놓고 성당으로 치닫는 나를 그이는 못마땅해한다. 그러나 세상 어디에서도 얻을 수 없는 마음의 평화를 얻고자 하는 허기진 영혼을 어쩌겠는가. 그렇게 언짢게 보내놓고 십 리 먼 길을 다녀오는 아내를 위하여 고단한 잠을 밀어내며 외등을 밝히고 기다려주는 것이다.

불빛은 이렇게 옹이를 풀고 기다리는 사랑의 징표다. 또한 불빛은 커가는 아이와 함께 밝아지기도 한다. 아가를 안고 있는 어머니를 바라보고 있으면 아주 소중한 불빛을 안고 있듯 충만한 기쁨이 주변까지 밝히는 느낌이 든다. 정말 아이들은 우리들의 불빛이다.

열두 살 딸아이와 목욕탕에 갔을 때, 양 가슴에 발그레 솟아오른 여성의 불빛, 이제 아이는 저 불빛으로 하여 그리움의 담금질을 받아야 하고 사랑의 환열도 알게 되리라. 그렇게 여인이 되고 어머니가 되고 인간이 되어가는 궤도를.

그리고 애무의 손길과 수유의 기쁨까지 모두 지나간 형체뿐인 유방을 거울에 비춰보며 어느 날 아가야, 너는 비로소 여인의 길이 얼마나 아름답고 슬프고 애달픈가를 알게 될 것이다. 그 불빛은 이렇게 서서히 연소되고 마느니 영원히 꺼지지 않는 것은 사랑의 불씨이다.

불빛은 멀리 있을 때 더 따뜻하고 애련하듯, 사람도 그런 만남이 생길 때가 있다. 어쩌다 마주친 그윽한 눈빛, 먼 데서 고만한 거리를 유지한 채 아스라이 반짝이는 불빛, 그런 불빛을 간직하고 산다는 것은 절벽을 딛고 한 발 다가서는 환희가 있고, 갈수록 더 가까이 있고 싶은 아픔이 있다.

누가 나를 알아주기를 바라지 않고 풀잎 나부낌보다 더 가벼운 이름 석 자에 집착하지 않고 묵묵히 걷는 길을 비춰주는 도반이며 불빛이기를. 꺼질 듯 바람 타는 나의 불빛은 가까이 갈수록 흐려져서 보이지 않고, 돌아서서 아득히 가늠하면 그제야 발갛게 내 안에 살아난다. 이것이 마음의 등불일까. 그이가 밖의 어두움을 사르는 외등이라면 나는 집안을 밝히는 촛불이 되어야 한다. 부모님의 노후가 외롭지 않게 관심하고 공경하는 불빛이어야 하고, 아이들에게는 성실하게 살도록 정신적인 불빛이 되어야 한다. 이렇게 둘이서 밖의 어두움과 안의 혼미함을 구석구석 비추이면 부모님께는 안락한 황혼이 되고, 아이들에게는 당당하고 겸손한 인품이 형성될 것이다.

밖의 어두움이 깊을수록 안의 불빛이 밝아야 하듯 나는 더 환한 광명으로 빛나기 위해 주님께 충전받은 사랑의 심지를 돋우어야 할까 보다.

나무가슴

한 뼘 남짓한 나무토막을 바라본다. 어느 냇둑에서 한 세월 보내다가 고요히 임종한 은사시나무, 그 숨결 더듬으며 눈을 맞춘다.

목각을 처음 시작한 날, 나무토막 앞에서 나도 나무토막이 되었다. 표정 없는 나무에서 무엇을 캐내야 하는지, 어디를 어떻게 파야 하는지 오리무중이었다. 칼이라고는 연필 깎는 칼을 써본 것과 도마에 무나 파를 썰던 경험뿐, 예리한 칼끝에 시선을 피하며 슬그머니 창밖 하늘을 바라보았다.

이런 내색을 알아차린 선생님이 칠판에 글을 써나갔다. 나도 할 수 있다는 자신감을 갖자. 끈질기게 일생 동안 취미로 할 사람만 시작하자. 나무와 대화하며 성질을 알자.

나무토막을 세워본다. 안정감 있게 서 있어야 평생 불편하지 않다고 한다. 이 나무토막에서 사람의 얼굴이 태어날 것이다. 앞뒤 어느 쪽이 얼굴이 될까 점쳐두고 얼굴 쪽의 수피에 일자 칼을 대고 망치로 두드렸다. 나무에도 비늘이 있어 그토록 싱싱했을까, 고동색의 비늘이 벗겨지며 뽀얀 살이 드러났다. 나무의 체취가 코끝을 스쳤다. 석양 비낀 하늘에 노란 손수건처럼 펄럭이던 용서의 기별이 전해오는 것 같다.

은밀히 간직한 동정의 속살을 범해 얼굴의 윤곽선을 그었다. 선 밖의 여백에 둥근 칼을 대고 때리고 파고 깎이며 형태가 나타나는데 잠시의 방심도 잡담도 허락하지 않는다. 틈을 주면 칼이 빗나가서 손을 다친다. 빨리 하려고 서두르거나 마음이 소요스러우면 망치질도 엉뚱한 곳을 때려 멍이 든다. 칼끝에 정성을 모으고 여유로운 몸짓으로 망치질을 해야 하고, 나무토막에 새로이 형태를 입히는 것이 아니라 원래 있던 형태를 드러내는 작업이라 했다.

처음에는 그 말의 뜻이 풀리지 않았다. 나무토막 속에 무슨 형상이 들어 있다는 게 말이 되기나 하는 것인지, 조금씩 작업을 해가며 마음으로 보고 붙이는 것이 아니라 덜어내는 것으로 받아들였다.

다음에는 눈, 코, 입, 귀를 그려놓고 파들어가는데 장님이 밤길 나선 기분이었다. 큰칼은 두고 작은칼로 오밀조밀 파야 한다. 코가 우뚝 서자면 옆을 파주어야 하고, 지그시 감은 눈을 만들려면 눈두덩을 둥그렇게 굴려주고 눈썹달 같은 선을 넣어야 한다. 그러나 아는 것과 파는 것은 별개였다. 입술 선에 힘을 조금 넣었더니 화난 인상이 되어버렸다.

그러기를 일 년여가 된다. 일주일에 한번 하는 것이라 작품은 석 점뿐이지만 저마다 다른 표정으로 서 있는 것을 보면 특별한 기쁨이 솟는다. 다섯 사람이 만든 얼굴이 각각 다르고, 어딘가 만든 이의 얼굴 모습과 비슷하게 되는 것도 이상하다. 하루에도 몇 번씩 눈이 가서 마주하고 있으면 은연 중에 대화 같은 교류의 느낌이 들기도 한다. 누가 작품 속에 자기의 혼을 불어넣는다 했다. 그것은 내밀한 일치를 이루기 때문일 것이다.

얼굴 하나가 탄생하기까지 수천 번의 칼자국을 입어야 하고, 수천 번의 망치질을 맞아야 한다. 아프다고 망치질을 사양하면 그것은 땔감으로밖에 쓰지 못할 나무토막이지만, 찢기고 터지고 피 흘리며 새로이 태어나는 생명으로서의 환생, 작은 것은 작게 큰 것은 크게 절망해야 하는 것이다. 절망이라는 말이 나왔으니 선생님께 미안하다. 나이배기 제자는 제일 굼떠 진척이 없다. 보다 못한 선생님이 그럴 듯하게 만들어주면 내 것 같지가 않아서 내키지 않고, 그렇다고 내버려두면 버려진 자식 같다고 떼를 쓴다. 자기하고 싸움이라는 말은 여기서도 금언이다.

이번에 하는 작품은 가부좌를 틀고 앉아 좌선하는 부처님의 형상이다. 귀한 후박나무를 구해서 작업하기가 좋다. 어깨선이 둥글게 펴져 양팔로 흘러내리고 두 손은 자연스럽게 마주 잡았다. 목이 잘록해 답답하게 느껴진다. 한량없이 들여다보다가 집으로 가지고 왔다. 저녁을 먹고 또 들여다보고 있으려니 식구들이 한마디씩 보탠다.

부처님 모습은 찍어도 안 붙이고 전 어느 대통령을 닮았다고 한다. 이런 낭패가 있나. 부처님은 어디로 가고 엉뚱한 얼굴이 나왔는가. 나는 조각칼을 놓고 한동안 쳐다보지도 않았다. 대엿새가 지난 다음 다시 얼굴 앞에 앉았다. 어렴풋이 짚이는 생각이 있다. 부처님을 만나려면 내 마음 안에 부처님을 모셔야 하는데 세상 온갖 잡동사니로 틈이 없으니 생뚱한 얼굴이 나올밖에…….

선생님은 목을 키우기 위해서 머리를 깎아냈다. 한결 시원해졌다. 작은 조각칼로 이목구비를 다듬은 후 사포로 문질렀다. 문지르는 일도 쉽지가 않다. 특히 윤곽을 내는 선의 경우 자칫하면 인상이 바뀐다. 사포로 다듬고 보니 후박나무의 나뭇결이 자연스럽게 배어 있어 또 다른 분위기를 준다. 나무마다 본성이 있어 그것을 거스르지 않는 것이 첫째로 배운 점이다. 소나무는 나무가 단단한데 은사시나무는 살이 무르다. 조금만 망치질이 세어도 턱없이 파인다. 어떤 것은 내리깎아야 하고 어떤 것은 치깎아야 잘 나간다.

치목장에서 일하는 목수들은 나무의 친구들이라는 이야기를 들은 일이 있다. 그곳에서는 베어진 나무도 생명을 잃은 것이 아니라 그들의 습관대로 생명을 지키고 있어 단순한 재목이 아닌 생명으로 다룬다 한다. 그래서 켠 나무들도 그냥 쌓아놓는 것이 아니라 살았을 때 그 나무가 살았던 방향으로 뉘어놓는다. 집을 지을 때도 기둥을 세우려면 서 있던 모습으로 세워야지 거꾸로 하면 뒤틀어 집을 기울어뜨린다는 이야기다.

나는 목수는 아니지만 가끔 나무토막을 끌어안고 그 가슴에 얼굴을 대볼 때가 있다. 청청한 나무로 서 있을 때의 싱그러움을 만나고 싶어서, 기다란 팔을 펴서 온갖 새들 쉬게 한 넉넉한 품을 만나고 싶어서, 내 모든 이야기를 들어주고 비밀을 굳게 지켜 줄 것도 같아서다.

나무 같은 친구가 있으면 좋겠다. 나도 누군가에게 나무 같은 친구였으면 참말 좋겠다. 우리 이웃에 나무를 키우는 남자가 있는데, 자작나무를 심을 때는 한 그루만 심어서는 잘 자라지 않는다고 한다. 너더댓 그루를 한데 어울리게 해서 심어주면 서로 이야기를 해가며 공동체를 이루고 자라난다니, 내가 좋은 친구를 갖고 싶어하는 것도 그런 연유일 것이다.

먼젓번 얼굴을 할 때 제일 마지막에 촛불을 켜놓고 그을음에 그슬렀다. 단단하게 하려는 것이라 했다. 나무토막 팔자가 세다는 생각이 들었다. 정신없이 두드려 맞고 수없이 파여서 이제는 화형에 이르니 이름 없는 나무토막으로 발에 차이는 일이 낫지 않겠느냐 물어도 보았다. 그러나 나무토막은 입을 앙다물고 마치 순교자처럼 피를 흘리고 나더니 잿빛 예수님으로 부활하여 나를 내려다보고 있다.

나라는 나무토막은 어디로부터 왔는가. 이 나무토막으로 무엇을 만드시려고 육십 년간 두드려 패시는가. 저마다 다른 표정으로 나를 내려다보고 있는 얼굴들 앞에서 오늘도 물어보는 말씀이다.

숨은 사랑

해거름이면 피아노를 두드렸다. 학교에서 퇴근하면 빈방이 주는 적막감이 싫어서 저녁밥 지을 생각도 안 하고 가곡이나 '은파' 같은 초보자의 곡을 쳐보는 것이다. 그날도 버릇처럼 딩동거리고 있는데 수녀님이 찾아왔다.

수녀님은 피아노 건반을 눌러보다가 뜬금없이 누군가를 사랑해본 일이 있느냐고 물었다. 나 또한 독신녀로 가까이 지내는 사이이긴 하지만 수녀님의 질문은 뜻밖이었다. 나는 못들은 척 치던 곡을 계속했다. 대답에 대한 회피로 알았는지 한동안 망설이다 다시 물었다. 그런데 뜻밖의 질문이 무심을 가장한 내 마음에 묘한 파장을 일으켰다.

"그런 수녀님은 누구를 사랑해보셨어요?" 역습이었다. 커다란 눈망울이 일순 당황해하는 것을 놓치지 않았다. 장난끼의 역습이 노여웠는지 서둘러 가버렸다.

수녀님을 처음 만난 것은 지난 가을 코스모스 꽃길이었다. 성당에서 수녀원으로 가려면 넓은 공터를 지나가야 하는데 운동장을 빼놓고는 온통 코스모스 꽃밭이었다. 누가 일부러 씨 뿌리고 가꾸지 않아도 씨가 떨어져 피고 졌다.

그날 낮에 신부님의 전화가 있었다. 퇴근하고 사제관에 잠시 들르라고 해서 갔는데 새로 오신 수녀님을 소개했다. 그것도 사제관이 아니라 저녁 바람에 살랑대는 코스모스 꽃길에서다.

신부님은 그런 분이다. 근엄함의 대표적인 사제의 신분이면서 천성이 자상하고 따뜻하였다. 미국인으로 한국을 당신의 고향보다 더 좋아하고 사랑했다. 그 예로 유창한 한국말로 강론을 하였고 결손가정이나 경제적으로 어려운 신자들에게 아무도 몰래 사랑을 나누었다.

신부님은 수녀님과 나를 꽃길에 세워놓고 한국의 가을하늘과 청자연적의 아름다움에 대해 찬사를 아끼지 않았다. 그 은은한 청자의 비색이 신비하다고 하고, 그런 비색을 내는 마음이란 어떠한 마음일까 궁금하다고 했다.

가끔 신부님은 자전거를 타고 학교에 와서 운동장에서 체육 수업하는 아이들 사진을 찍기도 하고 성당 행사 때면 미국식 포크댄스를 가르쳐줄 때도 있었다. 이런 신부님이 편하고 좋았다. 여름이면 "엄청 덥네요. 수박 먹으러 와요" 하는 애교스러운 전화도 했다. 그러나 신자들 입장에서는 오란다고 가고 개인적으로 너무 친

해도 안 되는 것이 수도자에 대한 불문율의 금기사항이다. 그때 나는 처음으로 여자인 것을 아쉬워했다. 내가 젊은 여자만 아니라면 신부님을 편하게 만날 수 있지 않겠는가.

수녀님이 오시고 성당은 활기를 더해갔다. 매사에 치밀한 수녀님의 열정이 작은 시골 성당 교우들에게 송두리째 스며드는 것 같았다. 새 입교자가 날로 늘어갔다.

그로부터 두 번째 코스모스가 필 때였다. 운동회를 마치고 피곤해 일찍 잠자리에 든 밤, 조심스럽게 대문 두드리는 소리가 났다. 빗장을 여는 순간 대문 앞에 어떤 물체가 유령처럼 서 있었다. "누구세요?" 내 물음이 끝나기도 전에 그 물체는 현관을 향해서 걸어갔다. 수녀님이었다. 까만 수도복 속의 창백한 얼굴이 마치 석고상 같았다. 가뭄에 타는 논바닥처럼 입술이 메말라 거친 숨소리를 토했다. 참으로 기이한 일이었다. 그토록 단아하고 분명한 수녀님이 무슨 일로 이 지경이 되었는지 나로서는 감을 잡을 수가 없었다.

냉수 한 컵을 마시고서 첫 말이 옷을 한 벌 달라고 했다. 수도복을 벗으려는데 입고 나갈 옷이 없다는 것이다. 이유를 알아야 옷을 주든가 차비를 주지 절대로 그냥은 줄 수 없다고 하자 자신은 수녀 자격을 상실했다는 것이다.

마주 앉은 두 사람 사이로 밤은 깊어갔다. 요지부동인 나의 태도에 절망감을 느꼈는지 수녀님은 이불 위로 쓰러지며 독백하듯 중얼거렸다.

"밤마다 숲 속에서 지켜보았어요. 그 방에 불이 꺼지기 전에는 잠들 수 없었어요. 수단자락 끌리는 소리만 들려도 가슴이 두근거려, 두근거려, 남 몰래……."

어떻게 이럴 수가 있단 말인가. 아, 하느님! 나는 머리를 감싸쥐었다. 침묵의 시간이 지난 뒤 나는 진정한 사랑은 상대편을 소유하는 것이 아니라 놓아주어 자유롭게 하는 것임을 이야기했다. 어쩌면 그것은 나 자신에게 들려주고 싶은 이야기였을지도 모른다. 영혼이 떠나버린 듯한 눈으로 바라보던 수녀님은 새벽녘 내가 잠깐 조는 사이 바람처럼 사라졌다. 그 뒤로 무성한 소문만 잠시 떠돌다 사라지고 수녀님은 다시 나타나지 않았다.

아득한 옛날의 이야기다. 해마다 코스모스가 피면 못 다한 이야기가 살아나고 수녀님의 참다운 이웃이 되어주지 못한 나의 무능을 후회한다. 그때 누군가를 사랑해보았느냐는 물음에 허심탄회하게 마음을 텄더라면 아무도 모르게 본당 신부님을 짝사랑했던 젊은 수녀의 번뇌를 덜어줄 수도 있었을 것이다. 순결한 몸과 영혼으로 오로지 하느님의 정배가 되어야 하는 수도자가 마음으로나마 하느님의 사제를 사랑한다는 죄책감으로 끝내는 세상의 사막으로 스스로를 유배시켰지만 하느님은 누구보다도 수녀님을 사랑하실 것을 나는 믿는다.

평화의 기도문을 쓴 아씨시의 성 프란시스코 사제가 어느 날 하느님께 이르기를, "하느님! 당신만을 사랑해야 할 제가 꽃도 사랑하고 나무도 사랑하고 글라라 수녀도 사랑하니 어찌하면 좋겠습니까?" 하고 여쭈었더니 하느님께서 대답하셨다. "프란시스코야, 아무 걱정 말아라. 나도 꽃도 사랑하고 나무도 사랑하고 글라라도 사랑하느니라." 얼마나 멋진 대답이신가. 이 큰사랑을 그때 알았더라면 수녀님의 숙제를 한꺼번에 풀어줄 수 있었을 텐데…….

올해도 코스모스는 성당 뜰 가득 피어 가을을 알려주고 있다.

가시 없는 선인장

우리 집 베란다에는 화초들이 있습니다. 양지바른 자리여서 분갈이를 해마다 하지 않아도 잘 자랍니다. 베란다에서 보내는 시간이 하루 중 가장 평화롭습니다. 식물들은 침묵 속에서 꽃을 피우고 향기를 내뿜으며 여여하게 자랍니다. 저마다 개성이 있어서 한자리에 모아놓아도 저저끔 제 꽃을 피우는 것이 경이롭습니다.

그 가운데서도 채운각이라는 선인장을 아낍니다. 십여 년을 길렀더니 주인의 정성이 느껴졌는지 가지가 죽죽 뻗어나가며 내 키를 넘어섰습니다. 가장자리에 자잘한 잎과 가시가 있어서 조화의 미를 보여줍니다. 그러나 선인장은 가시 때문에 조심스럽습니다. 채운각 앞에 서면 어떤 식물학자가 생각납니다.

그는 환경이 열악한 사막에 사는 선인장들이 가시를 지니고 있음을 생각했습니다. 왜 가시로 온몸을 중무장했을까? 그날부터 선인장 한 그루를 화분에 담아다 연구실에 두고 날마다 바라보다가 선인장은 누구를 해치기 위해서가 아니라 살아남기 위한 수단으로 가시를 지니고 있다는 생각이 들었습니다. 그래서 날마다 선인장 앞에서 두려워하지 말라고, 내가 너를 지켜주겠다고 말해주었습니다.

식물학자는 놀랐습니다. 어느 날 선인장의 가시가 하나둘 빠지기 시작하는 것입니다. 식물에게도 마음과 영혼이 있어 간절한 마음에 반응한 것입니다. 그렇게 해서 가시 없는 선인장이 세상에 나오게 되었습니다. 저는 짬만 나면 식물학자 흉내를 내서 무서워 말라고, 내가 너를 지켜준다고 일러주었습니다.

며칠 전 외출에서 돌아오니 베란다가 휑합니다. 왜 그런가 살피다가 주저앉을 뻔했습니다. 화초 중 가장 빼어났던 채운각이 동강동강 잘려서 바닥에 수북하게 쌓여 있지 않은가요. 기가 찰 일입니다. 소파에 앉아서 신문을 보는 남편에게 누가 그랬냐고 가시 돋친 말을 쏟아댔습니다. 저의 기세에 놀랐는지 남편은 엉거주춤 일어서더니 두 손을 비비며 "잘못했어요. 다시는 안 그럴게요" 하는데 그 모습이 겁먹은 아이 같았습니다. 가슴이 미어졌습니다. 아무 말도 못하고 다가가서 두 팔로 꼭 품고 '괜찮아요'를 되뇌었습니다.

자존심이 강해서 한생을 휘젓고 산 남자, 큰소리 땅땅 치며 제왕처럼 살던 남자는 어디로 가고 병들고 나약한 노인이 제 앞에 있는 것입니다. 어제와 오늘을 분간 못하고 먹은 건지 배고픈 건지도 모르는 사람이 무슨 생각으로 그랬을까요. 저녁 내 선인장을 쓸어다 버리고 왜 그랬냐고 넌지시 떠보았습니다. 남편은 선인장이 자기를 찔러서 미웠다고 했습니다. 선인장도 무서워 가시를 지녔는데 그 가시가 무서워 폭력을 휘두른 노인은 어쩌면 더 나약한 존재일지도 모릅니다. 그런 사람에게 소리를 지른 내가 미워서 남편에게 내가 잘못했다고 용서를 청합니다.

수많은 가시들 속에서 가시를 가시로만 본 우둔함이 부끄러워, 듣는 마음과 분별력의 지혜를 청해봅니다.

밟아라

서울에 사는 영적 동반자가 문자를 보내왔습니다. 영화 〈사일런스〉를 꼭 보라며 청주 상영관까지 알려줍니다. 그때부터 제 머릿속은 영화에 대한 생각으로 가득 찼습니다. 그도 그럴 것이 오래 전에 그 영화의 원전인 『침묵』이라는 소설을 감명 깊게 읽고 가끔씩 생각했기 때문입니다. 간절히 원하면 이루어진다더니 충북 내 영화관이 똑같이 종영하는 날, 가까스로 진천에 가서 영화를 보았습니다.

실화를 바탕으로 한 엔도 슈사쿠의 소설 『침묵』이 〈사일런스〉라는 영화로 제작되어 우리 앞에 펼쳐집니다. 일본 천주교인들이 박해를 받던 시기에, 순교와 배교의 갈림길에서 갈등하는 포르투갈 신부 로드리고의 이야기가 중심을 이룹니다. 일본 관리는 로드리고 신부에게 성화를 앞에 놓고 밟으라고 강요합니다. 그것은 배교를 한다는 암묵적 행위입니다. 신부가 성화를 밟으면 신자들은 살 수 있습니다. 많은 신자들이 성화를 밟지 않아 운젠 지옥열탕에서 순교하였고, 로드리고 신부 뒤에도 많은 신자들이 죽음 직전에 놓여 있는 상황입니다.

신부는 그들을 보면서 깊은 고뇌에 휩싸입니다. 자신의 안위 때문이 아닙니다. 땅에 구덩이를 파놓고 그 위에 신자들을 거꾸로 매달아 신부의 배교를 강요합니다. 신부는 고통에 짓눌려 "고난의 순간에 당신은 왜 침묵하십니까?" 하고 울부짖습니다. 그때 신부의 귀에 "밟아라" 하는 말씀이 들립니다. 저는 이 대목에서 목울대까지 차오르는 아픔으로 눈을 감았습니다. 하느님은 사랑이심을 느끼며 전율하는 순간이었습니다.

그날 저녁 혼자 버스를 타고 돌아오며 이삼 일 동안 저를 화끈하게 닦달하신 의미가 무엇일까 묵상하다가 느닷없이 "밝혀라" 하는 마음의 소리를 들었습니다. 이상도 하지요. 영화에서는 분명 '밟아라' 하셨는데, 느닷없이 '밝혀라' 하시니 종잡을 수가 있어야지요.

'에구, 주님, 제 귀가 둔하니 알기 쉽게 말씀해주세요.'

그런 제가 오늘 주님 수난 성지 주일에서야 답을 찾습니다. 예수님은 당신의 파스카 신비를 완성하고자 예루살렘에 입성하여 '호산나'와 '못 박으시오'를 한자리에서 들으십니다. 예수님은 제자 유다에게 은돈 서른 닢에 매매를 당하고 으뜸 제자 베드로에게 세 번씩이나 배신을 당하십니다. 유대인의 임금이면 십자가에서 내려오라고 조롱을 받으십니다. 얼마나 처절한 밟힘인가요?

수난기를 읽다가 "저는 아니지요?" 하는 유다의 얼굴을 제 얼굴에서 봅니다. 만원 버스에서 발등을 조금만 밟혀도 죽기 살기로 다투고, 남을 밟고 올라가야 출세를 하는 세상에서 오늘도 예수님은 말씀하십니다. "밟아라, 나는 밟히기 위해 왔느니라. 너희도 나처럼……."

자동열쇠 이야기

노인들만 사는 집에서는 가전제품 고장이 제일 곤혹스럽습니다. 구입한 지 오래됐으니 고장은 당연하지만 처리과정이 만만치 않습니다. 현관 열쇠를 자주 잃어버려 자동열쇠를 달았습니다. 이 자동열쇠가 말썽을 일으키기 시작했습니다.

처음에는 두 노인이 사용을 잘못해서 일어난 일인 줄 알고 잘 열리지 않는 상황을 서울에 사는 아들에게 문자로 알렸습니다. 아들은 건전지가 닳은 것 같으니 새로 사다 넣으라고 자세하게 설명을 해주었습니다.

이번에는 자주 드나드는 이웃에게 얘기를 했더니 쉬운 일도 못한다며 핀잔을 주었습니다. 핀잔을 받아도 어쩔 수가 없습니다. 전에는 남편이 다 알아서 했는데 환자가 되고부터는 하나부터 열까지 제 숙제가 되었습니다. 워낙 기계치이다 보니 형광등을 갈아 끼우는 일도 감전될까봐 못하고 보일러에 이상이 생겨도 발만 동동 구를 뿐입니다. 스스로 생각해도 한심합니다.

그러던 어느 날 먼 곳에서 제자가 찾아왔습니다. 얼른 식탁으로 와서 밥을 먹자고 했는데 사람이 없어졌습니다. 차에 핸드폰을 두고 온 모양이었습니다. 한참 후에 돌아온 제자 손에는 핸드폰이 아니라 건전지 네 개가 들려 있었습니다. 말없이 자동열쇠 건전지를 교체하고 나더니 씩 웃고 맙니다. 그런데 그 조용한 웃음이 어찌나 고맙고 따뜻한지 오래도록 마음에 진동을 일으켰습니다.

그날 말씀 하나가 머릿속을 맴도는 것이었습니다. "어떤 형제나 자매가 헐벗고 그날 먹을 양식조차 없는데, 여러분 가운데 누가 그들의 몸에 필요한 것은 주지 않으면서 '평안히 가서 몸을 따뜻이 녹이고 배불리 먹으시오' 하고 말한다면 무슨 소용이 있겠습니까? 이와 마찬가지로 믿음에 실천이 없으면 그러한 믿음은 죽은 것입니다."(야고 2,15-17)

그날 밤 저녁 기도를 하는데 입으로만 걱정하고 입으로만 사랑한 사람들이 줄줄이 스쳐 지나갔습니다. 고령에 척추수술을 한 대녀에게 몸보신하고 잘 쉬어야 한다고 쌍나팔을 불었던 일, 허리수술로 일 년여 외출을 못하는 언니에게 가보지는 않고 빨리 회복해서 봄마중 가자고 했던 일, 마음을 앓는 지인에게 세월이 가면 상처는 아문다고 입에 침도 안 바르고 아부한 일 등등……. 종내는 부끄러워서 손으로 얼굴을 가렸습니다.

사순 시기가 시작되자 춥거나 말거나 이것저것 챙겨서 충주로,

수원으로 달려갔습니다. 우리 집에 오고 싶어하는 아픔 많은 지인들을 초대해 따뜻한 밥 한 끼 나누며 정겨운 시간을 보냈습니다. 스승은 도처에 있습니다.

어린 제자를 통해서 가르침을 주신 분이 누구신지 저는 압니다. 그분은 세상을 너무나 사랑한 나머지 외아들을 내주시어 우리가 멸망하지 않고 영원한 생명을 얻게 하셨습니다. 저의 영원한 아버지, 제 믿음의 행실이 중단 없이 꾸준히 이어가도록 의탁합니다.

스스로 내는 벌금

불 끄고 누웠다가 잠이 오지 않아서 일어났습니다. 시계는 이미 자정을 넘어 두 시를 가리키는데 정신은 맑아지니 어쩌나요? 제가 요즘 불면증을 앓고 있는 것은 〈가톨릭평화신문〉에서 본 어떤 기사 때문입니다. 글라렛선교수도회 신부님이 '청년식당 문간'을 낸 이야기인데요. 그 동기가 너무나 가슴을 아프게 했습니다.

그 신부님이 이 년 전 어느 날 인천 가르멜수녀원을 찾았다가 고시원에서 굶어죽은 한 청년의 이야기를 듣고 큰 충격을 받았다고 합니다. 기사에는 노숙인이나 홀몸 노인을 위한 급식소는 꽤 있는데, 눈에 보이지 않고 티가 나지 않아 모를 뿐 많은 청년이 굶고 있다고 합니다.

고시원이라고 하니 생각나는 청년이 여럿입니다. 요즘 공무원 시험을 준비하러 서울로 간 자식들이 고시원에서 지내는 집이 어디 한둘인가요? 직장 구하기가 하늘의 별 따기고 어쩌다 운 좋게

입사해봐야 불안하니, 젊은이들은 평생 걱정 없는 '철밥통'을 얻으려 고군분투합니다. 그 젊은이들이 우리 손자고 우리의 귀한 아들딸이라는 데 아픔이 커집니다.

신부님은 그런 청년들이 자존심 상하지 않고 한 끼라도 배부르게 식사를 할 수 있는 식당을 엽니다. 김치찌개 3,000원, 공깃밥 무한리필이라네요. 또한 가게 옆에 소박한 카페를 열고 청년들이 고민을 서로 나눌 공간을 제공해요. 육신의 허기와 마음의 허기를 달래줄 그런 공간이 많이 생겼으면 좋겠습니다.

그 신문을 읽은 며칠 후 공교롭게도 베드로 형제님이 선물한 『생의 정도』라는 책을 읽다가 가슴 찔리는 대목을 만났습니다. 미국의 한 노인이 빵을 훔쳐 먹다가 잡혀서 치안판사 앞에 끌려와 재판을 받는데, 판사가 "나이도 있는 분이 염치없이 빵이나 훔쳐 먹습니까?" 하자 노인이 눈물을 글썽이며 "사흘을 굶었습니다. 아무것도 안 보였습니다"라고 대답합니다. 판사는 빵을 훔친 절도 행위는 벌금 10달러에 해당된다며 방망이를 내려칩니다. 그러면서 자신의 지갑에서 10달러를 꺼내더니 그 벌금은 자신이 내겠다며 그동안 자신이 좋은 음식을 너무 많이 먹은 죄에 대한 벌금이라고 말합니다.

이 대목에서 제 심령에 스파크가 일었습니다. 그 판사는 벌금을 대신 내주고 방청석을 향하여 이 노인이 나가면 또 죄를 지을 터이니 그동안 좋은 음식 드신 분은 조금씩이라도 돈을 기부해달라고 합니다. 얼마나 품위 있는 요청인가요?

좋은 음식에 대한 스스로의 벌금을 생각합니다. 음식물을 낭비한 죄, 과식한 죄, 맛있는 음식을 탐한 죄, 나누지 않고 혼자 먹은 죄, 다 벌금감이지요. 날이 밝는 대로 지갑 챙겨들고 농협으로 가려고 합니다. 〈가톨릭평화신문〉 '사랑이 피어나는 곳에'에 소개된 어떤 할머니의 사연이 너무나 안타까워 작은 마음이나마 보내려고 합니다. 아버지 하느님, 제 마음 변치 않게 붙잡아주세요.

외딴곳

두루미 한 마리가 개울 복판 바위에 그린 듯이 서 있습니다. 몸통은 흰데 날개 끝이 잿빛인 이 새는 개울가 습지에서 가끔 보는 새입니다. 그날 따라 하늘은 맑고 바람이 상쾌해서 걷는 다리도 가벼웠습니다. 그런데 이 새 좀 보셔요. 조류박물관에 전시된 박제 새처럼 꼼짝을 않고 있어요. 다리는 외다리, 고개는 아래로 떨구고 날개를 반쯤 편 채로요. 앞을 보고 걸으며 힐끔힐끔 새를 바라봤어요. 30m, 50m, 다리를 건너서 건너편 둑길로 들어설 때까지 새는 그대로예요. 저는 나무 그늘로 들어서서 일부러 두루미를 살폈어요.

먹이를 위해서 물속에서 한나절 헤엄을 쳤을 거예요. 발갈퀴도 아프고 물에 젖은 날개는 버겁도록 무거웠을 거예요. 새는 섬 같은 돌 위로 나와서 지금 쉬고 있는지도 모릅니다. 그런데요, 새의 쉼이 한없는 평화로 저를 이끌어줍니다. 산책길 턱에 앉았어요.

새처럼 가슴을 펴니 눈이 사르르 감겨요. 맑은 공기를 들여마시며 "찬미" 하고 내쉬면서 "주님" 합니다.

저 새도 치매에 걸린 가족이 있을까요? 때마다 밥 달라고 조르는 새끼들이 있을까요? 날마다 집을 후질러놓는 가족들, 관심을 달라고 보채는 사랑하는 이들이 있을까요? 아침이면 직장으로 출근해서 종일 일에 치여 사는 가장이 있을까요? 사람 사는 데 어쩔 수 없이 져야 하는 의무라면 기쁘게 짊어져야 하는데 그게 잘 안 됩니다. 저만 힘든 것 같고 저만 외로운 것 같고, 아무도 몰라주는 것 같고.

그런데요, 주님께서는 이런 고달픈 제자들을 보고 "너희는 따로 외딴곳으로 가서 좀 쉬어라"(마르 6,31) 하십니다. 얼마나 반가운 말씀인가요? 그 외딴곳엔 내가 너희를 위하여 준비해놓은 안식이 있으니 아무 걱정 말고 푹 쉬라고요. 온전한 '쉼'은 어떤 것일까요?

이제 휴가철이 시작됩니다. 많은 사람들이 가족과 함께 바다로 계곡으로 쉬러 갑니다. 밀리는 도로에서부터 고생이 시작되면 휴가지에서도 고달프기 그지없지요. 사람들은 왜 휴가에 목매달고 그 고생을 하면서 해마다 반복되는 여행을 할까요? 벗어나고 싶은 것입니다. 시계추 같은 일상에서 일탈해 자유를 누리고 싶은 것입니다. 그런데요. 진정한 휴식은 사람이 많은 곳에서 얻어지는 것이 아니라 외딴곳, 바로 자연이 살아 숨쉬고 하느님의 눈길을 느끼는 곳이 진정한 휴식처가 되더라고요.

두루미는 제가 그 자리를 떠날 때까지 쉬고 있었습니다. 아마도 햇빛 예수님, 바람 예수님 그리고 조잘대는 냇물 예수님과 함께 깊은 묵상에 들었을 것입니다. 잘 쉬는 사람이 일도 잘한다지요? 저도 덕분에 마음의 외딴곳에서 방전된 에너지를 충전했습니다. 이제 발걸음도 당당하게 저의 삶터로 걸어가렵니다.

엄마의 추석

여기저기 돌아보아도 추석 풍경이 아닙니다. 이맘때면 들녘에 벼이삭이 누렇게 고개 숙이고 과수원 과일들은 발갛게 익어 다디단 과즙을 선사할 때입니다. 매스컴에서는 38년 만에 찾아온 때 이른 추석이라고 하지만 실감이 나지 않습니다.

그래도 추석이면 엄마 생각이 납니다. 내가 여태까지 엄마라 부르는 시어머님은 모니카로 곱게 살다 96세에 선종하셨습니다. 엄마는 음력 팔월 열사흘 날이면 송편 떡쌀 한 말을 물에 담갔습니다. 손자들이 촌스럽다고 지청구를 해도 괘념치 않았습니다. 그것은 엄마만의 특권이므로 누구도 간섭하지 못했습니다. 작은 추석날 아침 일찍 아들 앞세워 방앗간에 다녀오신 후부터 당신 방에 자리잡고 송편 빚기를 하셨습니다. 송편 소도 가지가지, 팥소, 참깨소, 밤소, 콩소 준비해놓고 오이씨보다 더 예쁘게 빚어 솔잎을 깐 쟁반에 켜켜이 담아놓습니다. 나는 찜통에서 찌고 물에 씻어 참기름 발라서 내놓기가 바빴습니다.

이런 엄마의 속내를 처음에는 아무도 몰랐습니다. 그렇게 쪄낸 송편을 이웃에 돌리는 것입니다. 엄마표 송편은 쫀득한 맛이나 다양한 소의 맛이 어울려 별미였습니다. 명절 쇠러 고향 가는 집에는 차에서 먹으라며 눌러담고 아이들이 많거나 노인이 계신 집에는 예쁘게 담으려 하지 말고 넉넉히 담으라 이르셨습니다.

하루 종일 떡잔치를 하다보면 정작 우리 집 제물 준비가 늦어져 오밤중까지 일하느라 내 입은 댓발 나왔습니다. 누가 이 풍요로운 세상에서 송편 못 먹어 기절할 일도 아닌데 93세까지 그 일을 하셨습니다. 그때는 엄마가 참 야속했습니다.

추석이 조촘조촘 다가옵니다. 아이들은 차가 밀린다고 추석날 새벽에 도착한다는 기별이고 나는 나이 들어 제물 준비가 버겁습니다. 그래도 생명의 주인이신 하느님께 감사드리고 잘 여문 햇곡식으로 음식 차려 조상님께 차례 올린 후 온 가족이 둘러앉아 정담을 나누는 한가위는 우리 심성을 살찌우는 우리 민족만의 최대 명절이라 기쁘게 기다립니다.

요즘에 와서야 엄마의 삶이 크게 다가옵니다. 새 양말 두 켤레만 있어도 내게 한 켤레 주시던 아낌없이 주는 그 마음이 사랑의 본질 아닐까 싶어서입니다. 돌아가실 무렵에는 나보고 엄마라 불렀습니다. 성호를 그으라 하면 이마, 턱, 양 볼에 축소형 성호를 긋던 우리 엄마, 어쩌면 나는 40년 동안 성모님을 모시고 살았으면서도 그것을 모르고 지낸 것이 아닌지요. 추석마다 송편 빚어 이웃과 나누는 일이 당신만의 성찬의 식탁 바로 그 현장이 아니었을까요. 사랑의 빚을 많이 지고 사는 나는 엄마를 닮고 싶어 오늘도 자비로우신 주님 의중에 나를 맡깁니다.

묵시의 새벽

“내일은 단수입니다. 물 준비를 하세요.”

반장의 뒷모습이 사라지기 무섭게 빨랫감을 꺼내 세탁을 하고 그릇이라는 그릇에는 물을 받아놓았다. 단 하루의 단수가 아니고 영원히 단수일 것 같은 무서운 갈증을 느끼며 때때로 일상에서 그런 일을 겪는다.

어느 가을이었다. 마지막 소독을 잘못하여 한해 과수 농사를 망쳤다. 잎이 벌겋게 오그라들더니 급기야는 잘 익은 사과 표피에 약해가 생겼다. 모양이 바르고 과육이 실하며 때깔이 고와야 상품가치가 높은데 큰일이었다. 실망한 나머지 식구들은 행랑어멈 내외를 데리고 논으로 나갔고 혼자서 집을 보며 사과밭에 퍼질러 앉아 사과 꼭지를 따고 있었다.

욕심의 군살 탓인지 사과가 실하고 시세가 좋으면 육신의 고달픔을 잊고 일이 재미가 나는데 그렇지 못한 때는 노동 자체가 지

겹기만 했다. 산더미처럼 쌓여 있는 사과더미에 혼자 하는 일이어서 일은 줄지 않고 허리가 결리고 팔이 아파왔다. 진심을 말하라면 질력이 나는 것이었다. '에라 모르겠다.' 풀섶에 누워버렸다.

하늘이 아득히 멀었다. 무애無涯의 하늘 끝 어디쯤에선지 솜털구름이 피어올랐다. 흰색과 보라색이 어우러진 구름이 밭을 일구듯 점점 넓어져갔다. 이쪽에서 피어나는가 하면 저쪽 수정산 꼭대기에서는 사라지고 있었다. 누군가 삶이 무엇이냐고 물은즉.

생야일편부운기生也一片浮雲起

사야일편부운멸死也一片浮雲滅

이라 하지 않았던가. 구름을 보고 있으려니 삶이란 한 가닥 구름이 일어나는 것이요, 죽음이란 한 가닥 구름이 사라지는 것이라는 명답이 절실해졌다. 바람이 스치는지 풀잎들이 얼굴을 간질인다. 씨를 밴 풀잎이 머리에도 가슴에도 씨를 쏟아놓는다.

그때 건너편 아카시 울타리에 섞여 있는 가죽나무 잎이 후두둑 떨어져 내렸다. 넓적한 잎이 떨어지는 무게에 못이겨 아래 이파리가 후두두둑 또 떨어졌다. 팔베개를 하고 누워 잎이 지는 모습을 바라보았다. 계단식 밭이어서 제일 위쪽 언덕에 핀 억새가 흔들리고 어디선지 미루나무 잎새 하나가 팔랑팔랑 날아와 내 옆에 누웠다. 몸을 반쯤 일으켜 내려다보니 아래밭 봇도랑 둑에 심어놓은 미루나무가 바람이 잔잔한데도 나무는 흔들리는지 우수수 잎을 털어내고 있었다.

가죽나무 잎이 많이 가진 자의 떠나는 모습이라면 미루나무 잎새는 빈손의 수도자가 떠나는 모습이 아닐까. 물질의 많고 적음의 문제만은 아니다. 세상 것에 애착이 많으면 많을수록 두고 떠나는 안타까움에 더 고통스러울 것이다. 아마 그 가을 젊은 나이로 세상을 떠난 다복했던 친척의 마지막을 본 탓일까. 임종 하루 전 그는 내 손을 잡고 살고 싶다고, 죽음의 고통이 두렵다고 몸부림쳤다. 속수무책으로 서 있던 나.

그가 가고 난 12월, 떠나간 이들이 보금자리로 찾아오는 계절에 빈자리를 바라보는 아픔은 통증이 되었다. 아무것에도 애착하지 말자고 다짐했다. 근 일주일 동안 잠들지 못했다. 지나온 내 삶의 갈피까지 후회로웠다. 정말 다시 그릴 수 있는 그림이라면 모두 지워버리고 새롭게 그리고 싶은 삶, 창이 부옇게 미명을 알렸다. 무겁게 아파오는 머리를 식히려고 창문을 열었다.

오, 아름다운 새벽! 밤 사이 첫눈이 대지를 안았구나. 빈 벌판에 나의 과수원은 커다란 수묵화를 그려놓고 묵시의 새벽을 맞이하고 있었다. 뜰로 내려섰다. 발목까지 쌓인 애애한 눈빛에 충혈된 눈이 부셨다. 모든 것이 정지된 상태, 참으로 기묘한 것은 눈을 맞고 선 사과나무의 모습이었다. 굵은 가지에는 많이, 잔가지에는 조금씩 그 나무의 굵기에 비례해서 눈은 공평하게 쌓여 있었다.

그것은 깨달음이었다. 우리들 삶 누구에게나 자기 몫의 기쁨이 있고 고통이 있다는 사실, 삶이 있으면 죽음이 있고 죽음이 있어야 영생이 있다는 사실이다.

반장이 단수를 예고하고 가듯 죽음을 예고해줄 저승 반장이 없다 해도 하루하루를 눈 온 새벽 맞이하듯 정갈하고 겸손한 마음으로 맞고 보낼 일이다.

당신의 봄

머리가 허연 아들이 이름표를 단 어머니를 모시고 나들이를 한다. 단명한 사람들 같으면 이만큼 살지도 못할 육십 년을 해로하다가 아버님이 타계하시자, 어머님의 양쪽 날개가 부러지는 소리가 났다.

일체의 외출을 피하고 궤연을 지키고 앉아 낮이나 밤이나 시름에 겨워 우시는데, 78세 미망인 망부의 한이 너무도 사무쳐서 곁에 있기가 민망스러웠다. 그도 그럴 것이, 아버님 말고는 친구며 이웃이 없고 보니 지아비 떠나실 제 넋은 챙겨 보내고 남은 것은 노구뿐인 듯하였다.

이야기 책을 읽어 드리고, 모시고 외출을 해보아도 어머님의 표정은 영정하기 이를 데 없다. 아침저녁 궤연에 진짓상을 올리면 어머님은 으레 상 앞에 다가와 생시처럼 맛깔스러운 찬을 사진 가까이 놓으시며 "많이 드시우" 인사를 한다. 흰 국화 꽃잎 한 장 시들 사이 없게 손질하고, 당신 세수하듯이 향로며 촛대를 닦는다. 그러한 행위로 아버님께 향하는 그리움을 달래시는 눈치여서 나는 조심스럽게 지켜볼 뿐이었다.

너무 허전하실까봐 탈상 때까지는 당신 곁에서 지내려 했으나, 굳이 며느리를 작은방으로 보내고 가까스로 평정을 되찾아 책을 보시는 것을 보고야 일단은 안심이 되었다. 세월이 약이라 했으니 슬픔도 차츰 잊히리라고 생각하였다. 그러나 그게 아니었다.

매운바람이 유리창을 덜컹거리는 밤, 큰방에 불빛이 환했다. 몇 시나 되었을까. 이야기 소리가 들려왔다. 텔레비전을 켜놓고 주무시나 해서 가만히 문틈으로 들여다보니 장롱에서 아버님 내의며 양말을 꺼내서 만지작거리며 속삭이는 거였다. "이보우, 영감, 추워서 어쩌지요. 얇은 명주옷 입고……. 천당에 도착했거들랑 얼른 날 데리러 오슈."

어머님이 아시면 무안타실라 싶어 발소리 죽여 돌아와서 오랫동안 잠들지 못했다. 짝이 무엇이기에 유명을 달리해도 저렇듯이 사무쳐하는 걸까. 부부가 아니라도 그만큼 함께 지내면 혼까지 하나가 되는 것인가?

자식들이 정성을 다하여도 아버님의 빈자리는 채워지지 않으니 그래서 열 효자보다 지아비가 낫다고 하는가 보다. 숨도 크게 못 쉬고 노심초사하자니 야속스러운 생각이 들었다. 반백 년이 넘게 같이 사셨으면 무던하실 터인데 이제 비탄에서 놓여나서 위엄 있는 당신의 자리에 앉으셨으면 했다. 하지만 남편의 생각은 달랐다. 길이 험할수록 길동무는 손을 더 꼭 잡는 법이고 노년일수록 서로 버텨줄 짝이 있어야 한다는 것이다. 사실은 아버님이 홀로 되었으면 생목숨이라도 끊을지 누가 아는가?

정이 깊어지는 것은 언젠가는 이별해야 하는 사람에게 두려움이다. 우리 내외가 여러 날을 고심하다가 노인대학을 찾아나섰고 급기야는 아들 손을 잡고 입학을 하시게 된 것이다.

노인대학에 견학을 간 날, 어머님은 수줍어서 인사말도 변변히 못하고는 며느리의 등 뒤로 숨으셨다. 우리가 앞니 빠진 일곱 살 적 어머니 치맛자락에 매달려 처음 학교에 갔을 때 같다.

따지고 보면 철들고 처음의 외출이실 터이다. 유달리 정이 도타운 분이라 내외분은 어디서나 함께 계셨다. 국내외 여행에서 집안의 대소사의 자리까지 마치 손과 발이었다.

바람이 몹시 불고 추운 날 백일 탈상을 마치고 우리는 산소에 갔다. 어머님은 그 큰 아버님의 산을 놔두고 양지바른 골짜기에 홀로 잠드신 지아비를 오랫동안 바라보며 무슨 생각을 하셨는지, 마다하던 노인대학 입학을 허락하셨다. 아마도 봄은 얼어붙은 겨울을 지나야 오는 우주 생멸의 질서를 가늠하셨을까?

적막의 잠에서 깨어나는 대지에 서기가 서리듯이, 당신 평생의 가장 길고 추운 겨울을 지나 어머님의 가슴에도 훈풍이 불기 시작한다. 희미한 눈동자에 생기가 돈다. 오늘 아침에도 어머님은 거울 앞에서 하늘빛 스웨터를 입다가 뒷전에 선 나에게 "에미야, 괜찮니?" 물으시는데 목소리가 조금 들떠 있다. 새로 사귀는 친구 분이며 매일 배우는 여러 가지를 대단히 재미있어하신다.

아침마다 도시락 가방을 챙겨가지고 골목으로 나가서 "어머님, 차 조심하세요." 당부하며 아드님과 함께 손잡고 걸어가는 모자를 바라보니 만감이 서린다.

인생유전人生流轉, 베풀고 받는 관계, 다만 의무가 아닌 사랑의 수혜여서 아름다운 게다. 삭풍에 뿌리 뽑히는 아픔을 이겨내고 잠깨는 만상과 함께 소생하시는 나의 어머니, 늦봄도 봄일진대 부디 만화방창晩花方暢 하소서.

미루지 않는 사랑

귀한 선물을 받았습니다. 반영억 신부님이 은경축을 지내면서 손님들에게 주신 선물인데 하얀 손수건입니다. 하얀 바탕에 '미루지 않는 사랑' 세 단어만 쓰여 있는 손수건을 펴든 순간 형언키 어려운 감정이 밀려왔습니다. 그 손수건은 꼭 저를 위해 준비하신 것 같은 감동과 자괴감이 겹치면서 요즘 저의 나날들을 응원하고 있습니다.

제게는 가슴 아픈 기억이 있습니다. 외지에서 살다가 수필교실에 들어온 회원 하나가 성격이 외골수에다가 예민해서 주변 사람들에게 상처를 주고 자신도 상처를 받는 일이 많았습니다. 어려운 환경 탓인가 해서 마음을 써주고 품느라 애면글면했는데 어느 날 스스로 생을 마감했습니다. 그가 떠나기 며칠 전에 유리병 하나를 갖다놓으며 "선생님 사랑해요" 하고는 뒤도 안 돌아보고 가버렸습니다. 그때 '나도 사랑해' 하고 안아주지 못한 것이 두고두고 회한으로 남았습니다. 그 회한으로 십여 년이 넘도록 그를 위한 기도를 멈추지 못합니다.

미룬다는 것은 지금 말고 다음 기회가 있을 거라는 막연한 생각입니다. 그런데 살아보니까 다음 기회는 내 기회가 아닐 수도 있다는 것입니다. 가장 확실한 것은 지금 이 순간만이 내 것입니다. 그럼에도 기도하는 일도 사랑하는 일도 왜 그렇게 미루고만 사는지요.

어느 신부님이 아버지 신부님을 모시고 여름휴가를 떠났답니다. 모처럼 두 신부님은 날아갈 듯한 자유를 만끽했다고 합니다. 그런데 아버지 신부님이 슬그머니 자취를 감춰버려 찾아나섰더니 돋보기를 쓰고 성무일도 저녁기도를 하고 계시더랍니다. 젊은 신부님이 "성무일도 하루 빼먹는다고 무슨 사단이 납니까요?" 하고 여쭈었더니 "아닐세, 내 심지가 약해서 한번 미루면 자꾸 미루게 되어 그런다네" 하더라는 글을 읽은 일이 있습니다. 평생을 성무일도로 사신 노신부님이 당신 체험에서 하신 말씀이니 그 무게는 실로 엄청납니다. 하물며 세속에서 사는 우리 모습은 어떤가요?

『천국의 열쇠』라는 책에 치점 신부님이 하느님께 여쭙는 대목이 있습니다. 오래 전에 읽어서 정확한지는 모르나, 젊어서는 제가 하고자 하는 의도를 보아 심판해주십사 하고 기도를 했는데 나이가 들어서는 의도가 아니라 행위로 심판해주시라고 청합니다. 의도가 아무리 좋다 해도 실천 없는 의도는 의도일 뿐이라는 것이지요. 사랑한다는 백 마디 말보다는 한번 찾아가서 무엇이 필요한지 챙겨주는 것, 병든 독거 어르신을 병원에 모셔다 드리는 것, 바로 구체적인 사랑입니다. 후회하며 사는 것이 우리네 삶이라지만 유명을 달리하는 사건 앞에서는 속수무책입니다. 저는 오늘도 유리병의 임자를 생각하며 '미루지 않는 사랑'을 마음에 새깁니다.

북인수필선

빛나지 않는 빛

지은이_ 반숙자
펴낸이_ 조현석
펴낸곳_ 북인
디자인_ 푸른영토

1판 1쇄_ 2020년 05월 28일

출판등록번호_ 313 - 2004 - 000111
주소_ 121 - 842 서울 마포구 서교동 467 - 4, 301호
전화_ 02 - 323 - 7767
팩스_ 02 - 323 - 7845

ISBN 979-11-6512-006-1　03810

이 도서의 국립중앙도서관 출판예정도서목록(CIP)은 서지정보유통지원시스템 홈페이지(http://seoji.nl.go.kr)와 국가자료종합목록시스템(http://www.nl.go.kr/kolisnet)에서 이용하실 수 있습니다. (CIP제어번호 : CIP2020019918)

책값은 뒤표지에 있습니다.
저자와 협의 아래 인지를 생략합니다.